KB127787

시크릿 메즈

시크릿 메즈 5

가프 장편 소설

초판 1쇄 찍은 날 § 2016년 11월 8일
초판 1쇄 펴낸 날 § 2016년 11월 15일

지은이 § 가프
펴낸이 § 서경석

편집책임 § 조현우

펴낸곳 § 도서출판 청어람
등록번호 § 제387-1999-000006호
등록일자 § 1999. 5. 31
어람번호 § 제1-2560호

주소 § 경기도 부천시 원미구 부일로 483번길 40 서경B/D 3F (우) 14640
전화 § 032-656-4452 팩스 § 032-656-4453
http://www.chungeoram.com
E-mail § chungeorambook@daum.net

ISBN 979-11-04-91034-0 04810
ISBN 979-11-04-90929-0 (세트)

5

FUSION FANTASTIC STORY

가프 장편소설

시크릿 메즈

SECRET MEZ

도서출판 청어람

시크릿 메즈

SECRET MEZ

CONTENTS

제1장

대륙의 역습

ORDER SHEET

"엄마, 다녀올게요!"

인천공항 탑승구 앞 대기실에서 덕규가 목청을 높였다. 강토와 문수는 옆 의자에 있었다.

"걱정 마. 내가 뭐 죽으러 가나? 알았어. 삼시 세끼 밥 잘 먹고 대표님 잘 모시고……."

덕규는 한참 동안 떠든 후에야 전화를 끊었다.

"너 어디 전투라도 나가냐?"

강토가 물었다.

"다 들었어요?"

"나만 들었냐? 여기 있는 사람들 다 들었겠다."

"죄송합니다, 대표님."

덕규는 이내 삐 컨설팅 부실장 모드로 돌아와 꾸벅 목례를 했다. 이어 안내방송이 나왔다.

"미국 캘리포니아행 AMERICA AIRLINE 000편 탑승객 여러분께 안내……."

"타시죠."

뒤쪽에 포진하고 있던 법무팀장과 은 부장이 다가와 강토를 안내했다. 그들에게 있어 강토는 여전히 귀빈에 속했다. 다른 사람들은 아직 미동도 않는 시간. 강토네 일행은 유유히 탑승구를 통과했다. 통로를 걸으며 조아인을 생각했다.

"잘 다녀오세요!"

비리 의원들 자료를 넘겨줄 때 그녀가 한 말이다. 그녀는 송재오 차장과 함께 나왔다. 그 자리에서 강토는 송재오의 인품부터 읽어냈다. 선이 굵고 소탈한 사람이라 그냥 넘길 수도 있었지만 사안이 사안이기 때문이다.

'합격점!'

송재오는 괜찮았다. 사명감도 있고 정의감도 평균치가 넘었다. 무엇보다 그가 기자로서 행한 일들이 마음에 들었다. 국정원 직원의 협박을 받으면서도 그쪽에 관련된 건들을 터뜨렸고, 돈 보따리를 싸들고 봐달라고 찾아온 기업의 불량품도 가감없이 보도했다.

더욱 매력적인 건 실수 부분이다.

그는 한 기업의 몰상식한 행태를 고발한 적이 있었다. 그날 따라 취재 시간이 촉박했다. 도중에 앞 차의 교통사고 때문에 길이 막힌 것이다. 현장에 도착한 그는 제보자를 만나고 기업의 생산자도 만났다. 문제가 되는 원료도 확인했다.

그게 실수였다. 원료의 구입처와 용도, 판매처의 말까지 확인해야 했는데 시간상 생략해 버린 것이다.

기업 쪽에서 반론을 제기해 왔다. 다른 기자들 같으면 언론중재위에 제소하라고 버티는 게 일반적이다. 대한민국의 많은 기자들이 그렇게 살고 있다는 설도 있는 판이다. 하지만 그는 기업의 반론 확인에 착수했다. 그 결과 제품 원료에 대해 오해가 있었다는 걸 알게 되었다. 송재오가 본 건 그 기업에서 제품 비교를 위해 들여온 원료였다.

"정정 보도를 부탁드립니다."

송 차장이 내부 회의에서 말했다. 국장급들은 받아주지 않았다. 큰 사안이 아니었다. 그보다 더 큰 일들도 넘겨 버리던 방송국. 작은 기업에 대한 소소한 실수를 끼워 넣길 원치 않았다. 송재오는 그 위에 사표를 보태놓았다. 거기에 반한 게 채 국장이었다. 어렵게 들어온 방송국. 자기 자신의 잘못에 대해 책임을 다하는 자세를 높이 사 조아인에게 특명을 내렸다. 기업 쪽의 반론을 뉴스 말미에 내보내 준 것이다.

조아인과 채웅균, 그리고 송재오.

세 사람이 신뢰로 뭉치게 된 계기였다.

"자료는 여기 있습니다. 모두 여섯 명입니다."

강토는 조 앵커에게 의원들의 비리 사항을 넘겨주었다. 문수가 시간대와 날짜, 요일과 날씨 등, 강토가 끌어낸 기억의 모든 것을 정리한 사안이다.

"목숨처럼 지켜주세요."

아인에게 넘기며 한 말이다.

아인을 밀어내고 떠오른 또 한 사람은 반석기였다. 뜻밖에도 그가 공항까지 나와 준 것이다.

"바쁘신데……."

놀란 강토가 말하자 반석기는 오히려 화를 냈다.

"내 아우님이 장도에 오르는 일이야. 어떤 놈이 말릴 건데?"

반석기가 웃었다. 강토는 진심으로 고마웠다.

"잘 다녀와. 이거 뇌물 아니니까 가서 햄버거나 치킨, 스튜 같은 거라도 사 먹고."

봉투가 건너왔다. 100불짜리 열 장이었다. 받을 생각이 없었지만 거절할 수도 없었다. 강토는 반석기의 마음을 주머니에 챙겼다.

"모래쯤 공찬욱 털게 될 거야. 벌써부터 제 발이 저려 천상그룹 수사도 하는 둥 마는 둥 하면서 정치권 똥구멍 빠느라 바쁘더군. 가엾지?"

"아뇨. 오히려 너무 오래 누렸죠."

이미 공찬욱의 비리를 들여다본 강토는 하나도 불쌍하지 않았다.

반석기의 격려는 입국장 앞까지도 따라왔다. 그는 강토가 검색대를 지나고 나서야 검찰청으로 돌아갔다.

"어, 우리 잘못 온 거 아닌가요?"

비행기에 들어선 덕규가 꽁무니를 뺐다. 좌석 때문이다. 강토네 좌석은 프리스티지도 아니고 무려 1등석이었다.

"맞습니다. 원래는 부사장님 정도 되어야 1등석을 끊는데 부사장님 지시로 특별히… 이 대표님을 잘 모셔야 한다고 하셔서……."

은 부장이 강토의 좌석을 가리켰다. 법무팀장과 옆으로 붙은 자리였다. 송 부사장은 재판 3일 전에 도착할 예정이었다. 그야말로 몸이 세 개라도 모자랄 사람이다.

"이거 꼭 우주선 탄 기분인데……."

자리에 앉은 덕규는 진땀부터 흘려댔다. 외국이라고는 고등학교 수학여행으로 중국 베이징에 단체 여행을 다녀온 게 전부인 덕규. 그때의 의자와는 차원이 달랐던 것이다.

"사용법을 알려드릴까요?"

늘씬한 승무원이 덕규에게 살인 미소를 지었다.

"예? 예……."

덕규는 바짝 졸아 있었다. 하지만 문수는 달랐다. 그 또한 1등석이 처음이기는 마찬가지지만 미리 검색을 통해 사용법을 익혀온 것이다.

"좌석 조종은 이 단추로 하시고, 슬리퍼 위치는 여기, 식판 사용은 이렇게……."

문수는 소리를 낮춰 강토 앞에서 사용법을 시연해 보였다.

강토의 프라이드를 배려한 일이다. 강토는 문수에게 엄지를 세워주었다.

“자료입니다. 가시면서 간간이 넘겨보시죠. 캘리포니아까지의 비행시간은 약 열한 시간 정도랍니다.”

푸헐!

시간이 강적이었다. 하지만 덕규의 반응은 반대로 나왔다.

“아, 좀 더 날아가지. 이렇게 좋은 침대인데 스물네 시간 정도는 타줘야 예의 아닌가요?”

의기양양한 덕규.

하지만 오래가지 않았다. 여섯 시간쯤 지나자 온몸을 뒤틀며 몸서리를 치기 시작했다.

“으악, 이럴 줄 알았으면 장르 소설이라도 한 20권 싸들고 오는 건데…….”

덕규가 진저리를 내자 문수가 친절하게 수습에 나섰다.

“이걸로 대신해.”

턱!

덕규의 무릎에 던져진 건 일상 회화 책이었다. 덕규는 그새 눈을 감고 코를 골기 시작했고, 강토와 문수는 피식 웃음을 머금고 말았다.

11시간.

그 긴 여정도 결국은 끝이 왔다. 마침내 비행기가 공항에 착륙한 것이다. 가장 긴장한 사람은 덕규였다.

“실장님, 나갈 때 주로 뭐 물어보죠?”

"뭐 여행 목적이나 신고 물품 같은 거?"

"여행 목적이면… 이게 어디 있냐? 와쓰 더 퍼포쓰 오브 유어 비지트?"

덕규의 억양이 굴곡 없이 춤을 춰댔다.

"……"

"신고 물품이면… 두 유 헤브 애니띵 투 디클레어?"

제법 외워댄 덕규가 문수를 바라보았다.

"OK!"

문수는 덕규를 맨 앞에 세웠다. 바짝 긴장한 모습을 보자니 웃음이 절로 나왔다. 하지만 심사관은 아무것도 묻지 않았다.

"아, 진짜, 존나 스따디했더니 짜식들이 확 쫄았네? 이것저것 디립따 물어보지."

강토와 문수가 나오자 영웅담을 늘어놓는 덕규. 이어 은 부장과 법무팀장도 입국 심사대를 나왔다. 강토네 일동은 웃으며 차에 올랐다. 덕규 덕분에 지루하지 않은 여정이었다.

여유는 호텔에 도착하는 것으로 끝났다. 짐을 풀기 무섭게 회의가 소집되었다. 현지 대책 본부에서 열리는 전략팀과의 미팅이었다. 강토는 문수를 대동하고 미팅에 참석했다. 전략팀의 오 팀장이 직접 상황을 설명해 주었다.

"저쪽에서 특허 침해 건수를 9건에서 10건으로 소장을 변경했습니다. 극도의 신경전을 노리는 것 같습니다."

강토는 두 눈을 바로 뜨고 집중했다.

"동시에 중국 베이징의 인민 법원에도 특허 침해를 제기해 쌍방향으로 우리를 흔들고 있습니다. 심리적 압박을 높이려는 의도로 보입니다."

"……."

"중국 측은 현재 워싱턴DC와 캘리포니아의 대표적인 로펌을 중심으로 법률 전문가를 섭외하고 첫 공판을 준비하고 있습니다. 그 준비가 어찌나 치밀한지 이곳 미국 법조계에서도 중국의 승산을 점칠 정도입니다."

"다른 액션은 없나요?"

은 부장이 물었다.

"웬걸요. 적반하장으로 우리 반달전자 쪽에서 물밑 합의를 간청하고 있다는 소문까지 흘리고 있습니다. 배심원들을 의식한 저의가 분명합니다."

"우리 쪽 준비 과정은요?"

"부사장님 지시대로 저들 법률가에 걸맞은 변호진을 보강하고 있습니다만 구두계약을 한 몇몇은 중국의 돈줄에 흔들려 배신을 때린 상황입니다."

"코쟁이들답군요. 자본주의의 땅이니 자본을 따라가는 게 당연하지요."

은 부장이 냉소를 뿜어냈다.

"Discovery 요청이 나왔다는 말도 있던데?"

듣고 있던 법무팀장이 물었다.

디스커버리?

강토가 문수를 돌아보았다. 문수는 그 뜻을 알고 있는 듯 고개를 끄덕이며 강토를 안심시켰다.

"나왔습니다. 어마어마하죠. 전자문서로 900Gbyte 분량입니다."

"오, 마이 갓!"

법무팀장이 탄식을 터뜨렸다. 900Gbyte. 말이 쉽지 장난이 아니다. 그걸 누가, 언제 검토하고 준비한단 말인가?

"준비는요?"

"변호사 40명을 투입해서 1주 만에 넘겼습니다. 아마 그거 검토하느라 중국 아이들 눈 다 빠졌을 겁니다. 우리가 짧은 시간에 그걸 준비하리라고는 생각지 못했을 테니까요."

"그래서 재판 연기설이 나왔군요?"

"맞습니다. 하지만 거절했지요. 우리 측에서 이면 합의를 간청하고 있다는 악의적인 소문도 그때부터 나왔습니다. 반전을 노리고 있는 거죠."

"다행이군요."

"본사에서 미리 '소송 관련 건', '관련 없음', '기업 기밀' 등으로 정리를 잘해둔 덕분입니다. 다 팀장님 공이죠."

"별말씀을……."

"그나저나 우리 히든카드는?"

오 팀장이 강토와 문수를 바라보았다.

"아, 부사장님 카드는 여기 이강토 대표님입니다. 굉장한 재주를 가지셨으니 기대해도 좋을 겁니다."

은 부장이 강토를 띄워주었다.

"듣기에는 독심술을 한다고 들었는데?"

"그렇습니다. 그것도 보통이 아닌……."

"7시에 약속을 잡으셨군요. 빨리 끝내고 가셔야 하죠?"

듣고 있던 강토가 빙긋 웃으며 오 팀장을 바라보았다.

"저, 저 말입니까?"

오 팀장은 금세 사색으로 변했다. 강토의 맛보기 시크릿 메즈. 그건 오 팀장을 안심시키기 위한 서비스였다.

—걱정하지 마세요.

—나 그렇게 헐렁한 사람 아니거든요.

막연한 치장보다 확실한 한 방을 보여 우군의 사기를 높이고 신뢰를 사는 것. 그 또한 성공의 일환이라는 걸 모르지 않는 강토였다.

"어이쿠, 귀신이시군요. 7시에 대표 변호사 비앙카를 비롯한 1그룹 변호사군과 대책 회의 차 미팅이 있는데……."

오 팀장은 어깨를 으쓱해 보였다.

"고맙습니다."

강토는 느린 목례로 답례했다.

"현지 상황은 대략 이렇습니다. 부사장님 지시가 기술적인 전략을 제외하고 공판 진행에 대해서는 합류팀과 협력하라고 하시던데 필요한 게 있으면 언제든 저를 콜하십시오."

"그러죠. 대신 이 대표님에 대한 건 오 팀장님만 아는 비밀로 해주십시오. 대외적으로는 한국의 변호인으로 소개하면 될 것 같습니다."

은 부장이 다짐을 두었다.

"그럼 오늘은 어느 분이 회의에 참석하시는 겁니까? 전부다? 아니면……."

오 팀장의 시선이 강토에게 꽂혀왔다.

"우리 둘입니다!"

대답은 문수가 대신했다.

"필요한 건요?"

"아무것도. 그저 자리에만 끼워주시면 됩니다."

"그럼 가시죠. 여기 친구들은 시간관념이 뚜렷해서 말이죠."

오 팀장이 시계를 보며 웃었다. 7시 15분 전이었다.

* * *

1그룹 변호사군.

그들은 12명으로 이루어져 있었다. 이 소송에 있어 반달전자가 동원한 변호사만 해도 정식 계약자 38명에 파트별 지원 계약자 60명에 이를 정도로 방대했다. 물론 중국 측도 다르지 않았다. 그들 역시 국내외로 100여 명의 초특급 변호사를 동원하고 있는 수준이었다. 두 회사가 양국을 대표해 대리전을 치르는 양상이라고 해도 과언이 아니었다.

China!

엄청나게 발전했다. 몇 가지 지표만 짚어봐도 그건 확실했다. 인구 기준 부동의 세계 1위. GDP 또한 2016년 기준 11조 3,830억$로 세계 2위. 1인당 GDP 역시 8,240$로 1만 불을 코앞에 두고 있다. 1980년대 하루 1달러로 생활하던 상황은 엿 바꿔 먹은 지 오래였다.

단순히 이런 외양만이 아니었다. 싸구려 제품으로 인식되던 중국은 짧은 시간 동안 거대 자본을 앞세워 세계를 초토화시키고 있었다. 어느 정도 자본이 축적되자 중국은 기술 쇼핑에 나섰다. 관련 기술이 부족하면 그 기업을 사버리는 식이다.

전략은 대성공이었다. 기술과 브랜드를 단숨에 소유할 수 있기 때문이다. 나아가 세계적인 인재들을 빨아들여 기술 투자에도 적극적으로 나섰다. 그들은 우주항공산업에 투자했고, 나아가 군사기술도 보조를 맞추어 나갔다.

특히 이번에 반달전자와 맞붙는 양하오의 지난해 국제 특허 등록 순위는 독보적으로 세계 1위였다. 세계적으로 유수한 퀄컴이나 필립스, 에릭슨과 소니 등을 멀찌감치 따돌린 것이다.

지적재산권의 핵우산 완료!

개뻥?

No!

양하오사(社)의 선언은 과장이 아니었다. 다른 중국 기업들도 그렇지만 양하오사는 눈에 띄는 기술 투자로 약진했다. 그리하여 국내 일부 대학들처럼 대학 평가를 위한 논문 숫자 채

우기 식의 단순한 인해전술 특허가 아니라 질적으로 세계적인 기업과 어깨를 나란히 하기 시작했다.

처음에는 반달전자, 그들의 경쟁사로 생각하지 않았다. 그러나 단 한 사람, 송 부사장만은 달랐다. 그는 전략 부서의 보고서를 챙기며 그들을 주목하고 있었다. 그룹 내에서도 나 홀로 중국 견제를 강력히 주장했다. 주변에서는 기우라며 비난까지 일삼았다. 자신을 부각시키기 위해 중국을 띄우고 있다는 평이었다.

송 부사장의 혜안이 옳았다는 건 오래지 않아 증명되었다. 양하오가 일본 소니에게 사용료를 받아내고 애플과의 합의에서도 빛나는 성과를 낸 까닭이다.

중국이 기술 종주국으로 불리던 일본과 미국 기업에게 기술 사용료를 받아? 차마 상상도 못할 일이 현실로 다가왔다.

〈코리아의 반달전자 vs 차이나의 양하오〉

양측 각각 100여 명의 국제적 최상급 변호사군을 동원한 일대 접전!

이 특허 대전을 세계의 기업들이 주목하고 있었다. 이면 합의가 아니라 정식 소송으로 맞장을 붙는 까닭이다. 이겨야 하는 이유가 더 명백해졌다. 송 부사장의 지론 그대로였다.

'서전에서 패배하면 온갖 소송의 칼끝이 반달전자를 향할 것!'

철옹성!

함부로 넘보지 않는다. 그러나 그 철옹성에 균열이 생기면

적의 기세가 올라간다. 송 부사장은 그걸 잘 알고 있었다.

딸깍!

회의실 문이 열렸다. 안의 풍경은 한눈에 드러났다. 청장년 중심의 변호사 11명. 장년의 변호사는 단둘이었다.

'여자가 셋.'

강토의 매직 뉴런은 이미 출격해 있었다. 인사를 하며 분위기를 보고 있을 입장이 아니었다. 워낙 많은 숫자를 상대하려다 보니 선제 확보가 필요했다.

'1번 변호사 이상 무.'

시계방향으로 돌리는 매직 뉴런. 첫 번째 변호사는 이중 첩자가 아니었다.

'최선을 다해야 한다.'

'이 소송을 이겨야 나도 우리 로펌에서 입지가 단단해져.'

그는 나름 비장했다. 그 마음이 옮아 강토의 비장미도 좀 더 단단해졌다.

"이쪽은 한국에서 합류한 변호인단입니다."

오 팀장이 강토와 문수를 소개했다.

"It's a pleasure. I'm looking forward to working with you!"

인사는 강토가 대표로 했다. 만나서 반갑고 잘 부탁한다는 정도의 영어였다.

"그럼 회의 시작하겠습니다. 각자 진행 상황부터 발표해 주세요."

강토와 문수가 자리를 잡자 오 팀장이 회의를 진행했다. 단순히 강토의 편의를 위한 자리는 아니었다. 특허 소송은 일반 소송과 달리 많은 시간과 치밀한 분석, 그리고 협력이 필요하다. 거기에 더해 상대방의 전략에 따라 이쪽에도 대응 전략이 필요했다. 그렇기에 회의장의 분위기는 그야말로 살벌할 정도였다.

발표가 시작되었다. 변호사들은 둘씩, 셋씩 짝을 이루고 있었다. 잠시 휴식을 취한 강토는 매직 뉴런을 띄워 그들을 차례로 더듬었다. 세 번째 변호사까지는 아무 일 없었다. 피부색은 다르지만 변호사라는 직업에 충실한 사람들이었다.

그러다가 다섯 번째, 강토의 미간이 움찔거렸다. 흑발에 초록 눈을 가진 변호사였다.

'반달전자 특허 소송!'

강토가 주로 쓰는 검색어이다. 해마에서 한 장면이 나왔다. 회의실로 오기 전의 그들의 로펌 사무실이다. 그는 후배 변호사와 자료를 준비하고 있었다.

턱!

그가 서류를 거칠게 놓았다.

"대체 이 회사는 요구하는 게 왜 이렇게 많아?"

불만이 서류 뭉치만큼이나 쏟아졌다.

"그러게요. 수임료 좀 높다고 사람을 노예처럼 부리는데요?"

후배도 불만이 있기는 마찬가지였다.

"이럴 줄 알았으면 양하오의 계약을 받아들일 걸 그랬지?"

"저도 그 생각입니다."

"이게 다 대표님 때문이잖아? 그 양반 모친이 티베트 출신이라지?"

"그래서 양하오의 제의를 거절했다고 하더군요."

"미치겠군. 코리안들, 특히 반달전자는 일하는 스타일이 마음에 들지 않아. 사람을 숨 막힐 정도까지 뽑아먹으려고 드니……."

"대충 가죠? 저들이 요구하는 수준으로 조사하고 대응책 마련하려면 100년은 걸릴 겁니다."

"그래야겠어. 일단 준비된 대로 제출하고 지적이 나오면 그때 보강하자고."

"그럼 오늘 저녁에는 맥주 한잔할 수 있는 겁니까?"

"그러자고. 우린 반달전자 인간들처럼 일만 하는 머신이 아니잖아?"

초록 눈 변호사는 그때까지 준비된 자료만을 모아 들었다.

"……!"

강토는 자연스러운 시선으로 초록 눈 변호사를 주목했다. 그는 발표 차례에서 열변을 토하고 있었다. 영어에 익숙하지 않은 강토는 그 말을 다 이해하지 못했다. 하지만 표정을 보고 알았다. 과장이다. 그의 열변에 가식은 풍년이되 열정은 빈약하기 그지없었다.

대뇌피질로 들어가 장기 기억을 체크했다.

'반달전자!'

—수임료 최고.

—그러나 일을 맡고 싶지 않은 회사.

그의 기억에 형성된 반달전자의 이미지였다.

그사이에 초록 눈의 열변이 끝났다. 강토 역시 그의 뇌 속에서 파닥거리는 매직 뉴런을 거두었다. 그를 건너 다음 변호사를 향했다. 문제가 없었다. 그다음도 큰 문제는 없었다. 잠시 쉬었다.

그러다 아홉 번째 동양계 여자 변호사에게서 이상 반응이 나왔다. 조용한 프랑스 음식점에서 그는 한 여자를 만나고 있었다. 그 여자 역시 동양계였다.

"생각해 봤어?"

와인 잔을 들며 그녀가 물었다.

"그게……."

변호사는 주저했다.

"뭐가 문제인데? 이건 자기한테 좋은 기회야."

"……."

"그저 그 안의 분위기만 전해주면 돼. 그럼 50만 불이 생기는 일이라고."

"……."

"그것도 빳빳한 100달러 현찰. 원한다면 유로로 줄 수도 있고."

여자가 100달러 지폐를 꺼내 보였다.

"우리를 도와 뭘 빼달라는 게 아니야. 단지 그쪽 분위기."

"……"

"잘나갈 때 챙겨. 변호사가 양심 팔아서 먹고사는 직업은 아니거든."

"며칠만 더 생각하게 해줘요."

"1주일. 됐어?"

"네."

강토가 기억을 더듬는 사이 여자가 발표를 끝내고 자리에 앉았다. 남은 둘은 이상이 없었다. 마지막 변호사가 진행 상황을 이야기할 때 오 팀장이 강토를 돌아보았다. 강토는 고개를 끄덕여 보여 완료했음을 알려주었다.

"수고들 하셨습니다. 오늘까지의 진행 상황에 대한 걸 기준으로 종합 검토를 한 후에 팀별로 보완점이나 보강할 점을 요청하겠습니다. 이상입니다."

오 팀장의 말과 함께 회의가 끝났다. 군더더기 없는 진행. 초 단위로 시간을 나눠 쓰는 느낌까지 들었다.

"어떻습니까?"

변호사들 배웅을 끝낸 오 팀장이 강토에게 물었다.

"원래 열두 명이라고 들었는데 한 분이 부족하군요."

문수가 그 말을 받았다.

"아, 프레드릭은 총괄이라 참석하지 않았습니다."

"총괄이라고요?"

강토가 고개를 들었다.

"그분은 우리 회사의 오랜 파트너로 송 부사장님과 예일대학

동기입니다. 그분은 걱정하지 않아도 됩니다."

"그렇군요."

"어떻습니까?"

오 팀장이 결과를 물어왔다.

"보고서는 은 부장님께 제출하겠습니다."

강토는 웃으며 답을 피했다. 그건 송 부사장의 특별한 당부였다. 결과에 대해서는 반드시 '은 부장만'을 통할 것. 자칫 중간 단계를 거치면 새어 나갈 수도 있다는 판단이었다.

"나가시죠. 호텔까지 모시겠습니다."

오 팀장이 문을 가리켰다. 건물 앞으로 나오자 차량이 대기 중이다.

"그럼 내일 오전의 2차 변호사군 미팅에서 뵙겠습니다."

오 팀장이 문을 닫아주었다. 차량은 소리도 없이 출발했다.

"캘리포니아, 깨끗하고 좋은데요?"

문수가 창밖을 보며 말했다. 운전석에는 한국인 직원. 문수 역시 결과가 궁금하지만 보안을 위해 엉뚱한 화제를 꺼내고 있었다.

"그러게. 사람들도 활기차고……."

강토도 보조를 맞추었다. 사거리를 지나자 차량 소통이 빨라졌다. 그렇게 호텔 앞에 닿았다.

"어떻습니까?"

은 부장이 기다리는 호텔. 그는 로비에 나와 있었다.

"먼저 올라가."

강토는 문수 등을 떠밀었다. 자신도 모르게 주변을 의식하게 되는 강토. 어쩐지 굉장한 첩보 작전을 펼치는 기분이 들었다.

"기분이 아니고 실전입니다."

강토 말을 들은 은 부장이 웃었다.

"그것도 세계 최고의 첩보 작전이죠. 미국이나 이스라엘의 정보팀들도 이 정도는 아닐 걸요?"

듣고 보니 수긍이 갔다. 첩보전이라는 게 별게 아니다. 이보다 더한 첩보전이 어디에 있단 말인가?

"긴장 푸세요. 그냥 편하시게……."

은 부장이 웃었다. 그는 송 부사장의 오른팔이자 현장통답게 관록이 있었다.

"저쪽으로 가시죠."

은 부장이 강토를 끌었다. 길을 건너 돌고 돌아 광장형 노천카페에 앉았다. 보안 때문에 그러는 걸까? 꽤 많이 걸어왔다. 커피가 나왔다. 주변 풍경이 조금 색달랐다. 하나는 엄청난 크기의 햄버거, 또 하나는 테이블의 손님들 때문이다.

"유대인들입니다."

'유대인?'

"우리가 묵고 있는 옆 호텔이 유대인들이 선호하는 곳이죠. 그래서 이 근처에 유대인들이 많은 겁니다. 자세히 보면 미국인들과는 조금 다르게 보이죠."

"그렇군요."

"그거 아세요? 이제는 유대인들도 중국인을 두려워한다는 거?"

"네."

"사실 우리나라, 정신 바짝 차려야 해요. 중국이라고 언제까지 세계의 공장 노릇을 하고 싶겠어요? 중화라는 자부심으로 역사를 이룬 나라잖아요? 저들 속에는 세계 1등 국가라는 DNA가 살고 있어요. 세계는 그걸 인정해야 합니다."

중화사상(中華思想)!

익히 들어온 단어이다. 중국인들 스스로 세계 문명의 중심이라고 생각하여 우월성을 자랑하는 일. 이제는 무시할 수 없는 현실이 되었다.

강토는 오늘의 결과를 메모지에 간략하게 써주었다.

초록 눈의 변호사와 중국의 유혹을 받고 있는 아홉 번째 변호사 이름이다. 초록 눈에는 별이 한 개가 붙었고 아홉 번째 변호사 이름에는 별 네 개를 붙였다.

별은 은 부장과 약속한 위험도의 수준. 다섯이면 이중 첩자를 뜻하고, 하나는 유의 인물 정도이다. 강토는 낮은 소리로 이유를 설명해 주었다. 은 부장의 눈자위가 파르르 경련하는 게 보인다.

"문제가 있습니까?"

강토가 물었다.

"아홉 번째 변호사… 제니스. 한국 유학도 했고 한창 뜨고 있는 친구라 굉장히 믿고 있었거든요. 그런데……."

"……"

"체크는 참석자 전원 하신 겁니까?"

은 부장이 담담하게 물었다. 친근한 미소를 물고 있지만 그 역시 업무의 틈은 없었다.

"아홉을 체크하고 둘은 형태만 보았습니다."

둘.

그 정도 수준으로 완벽함을 비껴났다.

"형태라면?"

"뇌파의 파장으로 사람 됨됨이를 보는 것이죠. 독심은 안 되지만 인간성이나 도덕성 정도는 알 수 있는 방법입니다. 따라서 그 열한 명에 대한 건 염려하지 않으셔도 됩니다."

"수고하셨습니다. 피곤하실 텐데 이제 편하게 공연이나 보시죠."

"공연요?"

"제 정보가 맞는다면 이제 곧 특별한 쇼를 시작할 겁니다. 이 대표님 구미에 맞을 수도 있는."

은 부장의 시선이 작은 무대로 향했다. 오래지 않아 장렬한 음악과 함께 무대에 조명이 들어왔다.

짝짝짝!

테이블 여기저기에서 박수가 쏟아졌다. 무대 뒤의 막이 갈라지더니 열한두 살쯤 먹어 보이는 소년이 걸어나왔다. 그의 손에는 새끼 오리 한 마리가 들려 있었다.

"하는군요. 잘 보세요!"

은 부장은 의자 등받이를 싸안은 자세로 무대로 시선을 돌렸다.

뭘까?

뭐기에 강토의 구미에 맞을 것 같다는 걸까?

제2장

유대 초능력 소년

짝짝짝!

박수와 함께 소년은 꾸벅 허리를 굽혀 테이블 쪽으로 인사를 날렸다. 그런 다음 새끼 오리를 2층 건물의 끝자락에 닿을 듯 날려 보냈다.

꽤액!

오리의 외침과 함께 놀라운 일이 벌어졌다.

"……?"

강토는 마시던 커피 잔을 멈췄다.

"어떻습니까?"

은 부장이 물었다. 새끼 오리 때문이다.

Stop!

멈췄다. 새끼 오리가 공중에 멈춘 것이다. 소년은 마치 장풍이라도 쏘는 듯한 자세를 취하고 있었다. 그러다 그 자세를 풀었다. 새끼 오리는 그제야 날아가려던 방향으로 버둥거리다 추락했다. 소년은 오리를 안전하게 두 손으로 받았다.

짝짝짝!

박수가 쏟아졌다. 이번에는 소년이 한 덩치 하는 남자를 지목했다.

“주문한 햄버거를 들고 나와 주세요!”

남자가 무대로 나갔다. 소년은 남자 옆에 나란히 섰다. 무려 3층 높이의 햄버거. 패티만 해도 질릴 정도이다. 소년은 관객을 향해 인사를 하더니 남자의 햄버거를 향해 기를 집중하는 듯한 자세를 취했다.

“천천히 손을 떼보세요.”

“……?”

“햄버거 버리면 제가 새 걸로 두 배 배상할게요.”

그제야 남자가 조심스럽게 햄버거를 받친 손을 뺐다.

다시 Stop!

햄버거도 허공에서 멈췄다.

“와아아!”

테이블에서 환호가 터져 나왔다.

“마술입니까?”

강토가 물었다.

“초능력이랍니다.”

"초능력?"

"저 아이 가족이 전부 저런 초능력자라고 하더군요. 뭐라더라? 무슨 염력이라고 들었는데……. 아무튼 굉장하지 않나요?"

"염력?"

"아직 시작에 불과합니다. 잘 보세요."

'시작이라고?'

강토는 무대를 향해 온몸을 돌렸다. 무대 위로 작은 소녀가 올라왔다. 그녀가 전한 건 농구공이었다. 소년은 공을 받아 몇 가지 재주를 보이더니 손가락 위에 공을 세웠다. 손가락 끝에 농구공 세우기. 그것만 해도 쉬운 일이 아니다.

그런데 공을 회전시켰다. 그러다 소년은 손가락을 떼어버렸다.

"……?"

강토의 심장이 한 번 더 쿵 소리를 냈다. 손을 뗐음에도 공이 허공에 떠 있는 것이다. 공은 혼자서 돌고 있다. 있을 수 없는 일이었다. 소년은 두 손으로 공과 바닥 사이를 휘저었다. 조작 같은 게 없다는 것을 보여주기 위함이다. 공은 소년이 주먹을 꽉 쥐어 보이자 바닥에 떨어졌다.

짝짝짝짝!

다시 박수가 쏟아졌다.

"눈속임 아닙니까?"

박수를 치며 강토가 물었다.

"저도 처음에는 그럴까 싶었는데 아니더라고요. 직접 체험했거든요."
"체험까지요?"
"돈 가진 거 있으세요?"
"예."
"그럼 20달러쯤 꺼내세요. 체험할 수 있게 해드릴게요."
"……?"
은 부장의 의중을 곧 알게 되었다. 소년이 공연을 끝내자 사회자가 나와 체험 이벤트를 알린 것이다.
"초능력 소년 아론입니다! 박수 부탁합니다!"
짝짝짝!
"아시는 분은 알겠지만 우리 아론은 마술사가 아닙니다. 이 굉장한 능력은 하느님이 그에게 준 축복입니다. 아론은 세 살 때 이미 식탁의 포크를 염력으로 들어 올렸으니까요."
'세 살 때?'
강토는 사회자의 멘트에 빠져들어 갔다.
"언젠가는 우리 아론이 지구도 들어 올릴지 모릅니다. 그때가 되면 너무 유명해져서 여러분을 보기 힘들겠죠? 그래서 오늘도 우리 아론은 더 유명해지기 전에 초능력을 체험할 기회를 여러분에게 주고자 합니다. 누가 우리 아론의 재능을 사겠습니까?"
"여기요!"
노년 신사가 1달러 두 장을 흔들었다.
"내가 살게요."

중년 여성은 10달러였다.

"이 대표님 차례 같은데요?"

테이블을 보고 있던 은 부장이 강토를 돌아보았다. 강토는 벌떡 일어나 10달러 두 장을 흔들었다.

"아, 저기 신사 분 두 분, 오늘의 이벤트 당첨입니다."

사회자가 내려와 달러를 챙겼다.

"뭘 원하시나요? 소지품 중에 아무거나 꺼내놓으세요. 그럼 당신은 기적을 볼 수 있을 겁니다."

'소지품?'

별게 없었다. 그렇다고 지갑을 놓기는 그랬다. 혁대를 풀 수도 없었다. 그러다 신발에 눈이 닿았다. 구두는 무겁다.

"신발도 됩니까?"

강토가 사회자를 바라보았다.

"물론이죠. 실은 당신도 됩니다."

사회자는 유머를 끼워 넣어 친절하게 대답했다. 구두를 벗었다. 사회자가 그걸 테이블에 놓았다. 강토는 소년을 바라보았다.

'뭘 어쩌려고?'

무대에서 테이블까지 거리가 멀었다. 아무래도 눈속임 같은 소년의 초능력. 그러나 강토가 직접 벗어놓은 신발이니 눈에 보이지 않는 줄을 맬 수도 없는 일.

그런데 신발이 허공에 떠올랐다. 소년의 두 손과 눈이 신발을 겨누기 무섭게였다. 신발은 1미터 가까이 떠오르다 그대로 추락했다.

"……!"

"하핫, 우리 아론이 냄새가 나서 오래 들고 있지 못하겠다는군요. 다음 분 없나요? 20달러 이상의 기적을 체험할 분!"

20달러. 적지 않은 돈이다. 사람들은 서로를 쳐다볼 뿐이다.

"오늘은 다들 지갑이 얇으시군요. 다음번에는 카드도 받겠습니다."

사회자는 노련하게 멘트를 남기고 무대로 돌아갔다. 강토는 신발에 꽂혀 있었다. 보다 못한 은 부장이 구두를 테이블에서 내려놓았다.

"괜찮아요?"

은 부장이 물었다.

"예? 예."

"어떠세요?"

"예?"

"이 대표님도 일종의 초능력자잖아요? 그래서 모신 건데 지루하지는 않으셨는지……."

"아닙니다. 아주 좋았어요."

강토가 고개를 들었을 때 소년은 무대로 사라지고 있었다. 그래도 잔상은 오래 남았다. 초강력 최면술사 이규리에 이어 만나게 된 초능력 염력의 소년. 강토는 구두를 바라보았다. 반질거리는 구두코에서 소년이 웃는 것만 같았다.

야옹!

2층 옥상에서 고양이 소리가 들려왔다.

“초능력 소년이요?”

숙소로 돌아오자 덕규가 발딱 반응했다.

“그래. 굉장하던데?”

“대표님이랑 맞장 떴어요?”

“맞장?”

“초능력이라면서요?”

“생각하는 거 하곤. 말 나온 김에 우리 둘이 뇌로 한번 맞장 떠볼까?”

“GG!”

덕규는 바로 두 손을 들었다.

“가신 일은 좋았던 모양인데요?”

서류를 간추리던 문수가 물었다.

“좀 충격이었지. 저 건너편으로 돌면 2층짜리 유대풍 노천식당이 있던데 언제 한번 같이 가보자고. 초능력자가 무시무시하게도 꼬맹이였거든.”

“어, 그래요?”

“아무튼 세상은 넓고 능력자도 많은 거 같아.”

강토가 말하는 사이에 문수가 의자를 당겨놓았다. 강토에게 앉으라는 사인이다. 테이블에는 서류 몇 장이 올라앉아 있었다.

〈Jury duty!〉

영어 단어가 표지에 보였다.

"배심원 자료야?"

"이쪽에 시민권 가진 친구가 있어서 부탁했더니 바로 오네요. 그렇잖아도 그 친구가 며칠 전에 쥬리 듀티에 당첨되어 다녀왔다네요."

"그래?"

강토는 의자에 앉아 서류를 넘겼다.

Summons for jury service, 즉 배심원 소환장의 견본이 보인다. 설문지인 Voir dire도 보였다. 배심원에 참가하는 사람의 신상과 주변, 과거 배심원으로 참가한 경력, 당시의 판결 등에 대한 것을 묻는 용지였다.

"불행히도 그 친구는 예비 배심원 심사에서 낙점을 받지 못해 그냥 돌아갔다네요. 본인은 시간 세이브됐다고 좋아하더군요."

문수도 앞자리에 앉았다.

배심원 심사.

변호사가 검사 등이 자기에게 유리한 사람을 고르는 과정이다. 보통 30여 명을 불러 12명 이하를 뽑는 과정. 이 숫자는 주정부에 따라 조금씩 유동적이었다.

"그리고… 이게 이번 재판이 열리는 법원입니다."

사진이 나왔다. 많았다. 일부는 문수가 웹에서 구했고 또 일부는 반달전자에서 제공한 것들. 법원은 별다를 게 없었다. 다만 낡은 전자레인지가 눈에 띄었다.

“전자레인지?”

강토가 고개를 들었다.

“배심원들은 대개 하루 종일 의무를 행하게 된다는군요. 오전 8시부터 오후 5시까지.”

“……”

“점심시간은 11시 반부터 1시 반까지인데 법원 안의 카페테리아에서 먹어도 되고 도시락을 싸와서 대기실 안에서 그 레인지로 데워 먹어도…….”

“편의점 같네?”

덕규가 끼어들었다. 문수는 빙긋 미소를 머금고는 뒷말을 이어갔다.

“대기실에 대략 50~80여 명씩 대기하는데 한 번에 30여 명씩 그룹을 지어 불려가 간택을 받는 모양입니다. 그러니까…….”

대표님은 짧은 시간에 30여 명의 뇌파를 분석해야 합니다.

문수가 줄임표에 남겨둔 말이다.

“내가 배심원을 볼 수 있는 곳은?”

강토가 물었다.

어딜까?

배심원 제도상 배심원들은 법원 주차장을 무료로 쓸 수 있었다. 그러나 ‘예비’ 배심원들이다. 누가 어느 소송에 배석이 될지 본인도 모르는 상태.

“배심원들은 사전 심사를 위해 그룹을 지어 이동합니다. 은 부장님이 전해온 말에 의하면 대표님은 반달 쪽 변호인단의 일원으로 대기 장소 근처에 머물 수 있다고 합니다. 그때 이동하는 예비 배심원들을 볼 수 있을 것 같습니다."

"으억, 그럼 완전 도떼기시장이잖아요?"

덕규가 눈자위를 구겼다.

"어떡할까요? 은 부장님 말은 거기서 호불호를 가려달라는데… 정 안 되면 다른 방안을 찾아보긴 하겠지만 현재로써는 그게 가장 무난한 방법이랍니다. 주차장 쪽도 있기는 한데 모든 예비 배심원이 법원 주차장에다 주차를 하는 건 아니라서……."

"30여 명이 한꺼번에 이동한다고?"

"그렇습니다."

"동선은?"

"대기실에서 심사실까지 약 30미터 정도입니다. 직선으로 오다가 우측 코너로 꺾어지는 구조더군요."

'30미터…….'

성인 걸음으로 30여 보. 초당 2보씩 걷는다면 15초. 15초 안에 끝내야 한다는 결론이 나온다. 전광석화, 그 단어를 찜 쪄 먹도록 시크릿 메즈를 작렬해야 하는 것이다.

〈최고로 꼽는 차!〉

강토는 덕규의 뇌에 테스트 매직 뉴런을 발사했다.

'차 하면 롤스로이스!'

1초 안에 반응이 왔다.

"부실장, 저쪽 창가로 좀 가봐."

"옙!"

덕규가 가로 이동했다.

〈싫어하는 차!〉

'링컨 리무진.'

〈이유!〉

'친구 아버지가 장례 때 그 차에 실려가 장례식이 연상되어서.'

매직 뉴런은 덕규의 기억 서랍에서 정보를 꺼내느라 바빴다. 덕규와의 거리는 10여 미터. 밀집해 움직이는 30여 명이라면 치밀한 계산과 판단이 선행되어야 할 문제였다.

"어, 차 사고가 났네?"

창밖으로 한눈을 팔던 덕규가 중얼거렸다.

"아, 미국 같은 데도 우리랑 똑같네. 여기는 사고 나면 아이언맨이나 헐크 같은 애들이 출동해서 사고 차량 수습할 줄 알았더니."

"헛소리 말고 잠깐 따라와."

강토가 앞서 복도로 나왔다. 덕규를 30여 미터 떨어진 거리에 세웠다.

시크릿 메즈!

먹히지 않았다.

"5미터 앞으로!"

다시 시크릿 메즈!

역시 안 먹혔다.

"5미터 전진!"

그래도 마찬가지. 매직 뉴런은 15미터 근방에서야 먹히기 시작했다. 거기서부터는 1미터씩 당겼다. 특별한 애로가 없는 거리는 12미터 안팎이었다. 그러니까 15초가 아니라 10초 안쪽에 끝을 봐야 하는 셈이다.

10초!

결코 길지 않은 시간이다.

"새 장벽인데요?"

강토의 말을 들은 문수가 턱을 괴고 생각에 잠겼다. 짧은 시간, 게다가 예측 못한 돌발 상황이 일어날 수도 있는 일.

"확실하게 솎아주지 못하면……."

강토도 고민이었다. 반달전자에 나쁜 선입견을 가진 배심원 후보가 있다면 확실하게 구분하는 방법까지 모색해야 하는 것이다. 이쪽에서 그를 배제하더라도 저쪽에서 그를 선택할 가능성 때문이다.

고민하는 사이에 덕규는 다시 창가로 향했다. 사고 차량 수습이 시작되는 모양이다. 문수가 창가로 가자 강토도 고개를 내밀었다. 사고 수습은 지지부진했다. 차량이 막혀 견인차가 다가서지를 못하고 있었다.

"아, 슈퍼맨이나 아이언맨 불러서 달랑 들어내라니까!"

덕규가 한숨을 내쉬었다.

달랑 들어내기!

그 단어가 강토 머리 안에 꽂혀왔다.

"오, 마이 갓! 그러면 되겠네?"

강토가 덕규 등짝을 쳤다.

"……?"

영문을 모르는 덕규가 아픔을 참으며 강토를 바라보았다.

"바로 그거야! 고맙다, 덕규야!"

강토는 어리둥절해하는 덕규의 어깨를 맞잡고 흔들었다. 지나가는 말 한마디가 힌트가 되어준 것이다.

달랑 들어내기!

강토는 그 단어에 갈피를 끼워두었다. 잊지 않고 고이고이.

* * *

"와우!"

구석의 문수가 환호했다.

"뭔데?"

캔맥주 한 잔으로 피로를 풀던 강토가 고개를 돌렸다.

"보시죠. 반 검사님이 움직인 모양입니다."

문수가 노트북 화면을 내밀었다. 한국의 뉴스가 화면에 보였다. 자는 시간 외에는 쉬지 않는 문수였다.

〈청와대 검찰 고위층 비리 수사 지시〉

〈공찬욱 부장검사 재벌 비호, 뇌물에 성상납 의혹〉

〈공직자윤리위 생략하고 검찰 전격 소환〉

사진도 보였다. 수사검사로 내정된 반석기였다. 옆에는 유 수사관도 보였다.

〈검찰, 특정 검사의 자택에서 수십 억 현금이 담긴 대형 도자기 등 압수. 자체 비리에 사정의 칼 뽑아. 일부 검사는 구속 수사 불가피〉

소제목으로 보아 이미 수사에 속도가 붙은 모양이다.

"전격적인데요?"

문수가 소감을 밝혔다.

"그래야지."

누구 형님인데.

강토는 뿌듯했다. 반 검사의 의지가 먼 미국에서도 느껴진 까닭이다. 그리고 그 위에서 분위기를 조성했을 장철환. 강토는 가슴이 뜨거워지는 걸 느꼈다.

'나도 뛰어야지.'

맡은 일에 최선을.

강토는 주먹을 그러쥐고 2그룹 변호사들의 체크에 나섰다.

숫자는 여전히 많았다. 게다가 변호사 중에서도 최상급의 변호사들.

'그렇다고 뇌가 두 배인 건 아니니……'

마음이란 먹게 마련. 집중하던 차에 초대박이 나왔다. 양하오가 심어둔 스파이 변호사를 추려낸 것이다. 그것도 두 번째 체크에서 잡아냈다. 대상자는 2그룹을 대표하는 43세의 베테랑 특허 전문 변호사 윌리스였다. 그의 기억을 들여다본 강토는 천천히 심호흡을 하며 마음을 달랬다.

윌리스!

2그룹 변호사를 이끄는 대표 변호사. 수임료도 최상이었다. 따라서 그에게 맡긴 업무도 난이도가 높은 것. 소송에 직접 영향을 주는 사안이었다.

강토는 한꺼풀 한꺼풀 얇은 습자지를 세듯 세밀하게 그의 기억을 끌어냈다.

〈쑨커〉

양하오 그룹의 오른팔이자 미국 소송을 책임진 현지 본부장이 먼저 나왔다. 만난 날짜를 확인하니 반달전자와 소송 계약을 하기 보름 전이다. 시원한 골프장을 배경으로 두 사람이 섰다.

"어떻습니까?"

의향을 묻는 말은 쑨커가 아니라 윌리스의 입에서 나왔다.

"진심이오?"

"그렇습니다. 그쪽으로서는 손해 볼 일이 아닐 텐데요?"

"대가는?"

"나를 양하오의 평생 법률 동반자로 삼아주시오!"

평생 동반자!

빅 베팅이 나왔다.

쑨커는 고민하게 되었다.

이 소송은 양하오의 미래가 걸린 일. 본국의 양페이 회장도 각별하게 신경 쓰는 일이다. 그렇기에 무조건적인 승리가 필요했다. 미국 땅에서 반달전자를 누를 수만 있다면 양하오의 미래는 주단길로 변할 일.

"좋소!"

쑨커는 윌리스의 딜을 받아들였다. 윌리스는 두 가지를 약속했다. 하나는 반달전자의 전략, 또 하나는 여의치 않을 경우 공판일 자료에 양하오의 기술을 침해한 것으로 인정되는 사안을 끼워 넣는 것. 그건 치명적인 자해를 뜻하고 있었다.

특허라는 것은 방어하기 나름인 경우가 많았으니 논리를 잘못 세우면 상대를 인정하게 될 수도 있었다. 재판에 동원되는 자료는 수천, 수만 장 분량이다. 그중 한두 장 정도 잘못 들어갔다고 해서 반달전자에서 문제를 삼기도 쉽지 않을 일이다. 어찌 보면 상대방 변호인단의 '신들린 기지'로 보일 여지가 많았던 것.

"계약합시다!"

쑨커는 윌리스와 계약했다. 이리하여 윌리스는 낮에는 반달전자의 변호인이 되었고 밤에는 양하오의 편이 되어 일해온 것. 그러나 1차 전략은 반달전자의 물량 공세 탓에 효과가 없었다. 그 짧은 시간에 그렇게 방대한 자료를 제출할 줄은 윌리스도 몰랐던 일. 하지만 아직 기회는 있었다. 중요한 건 자료가 아니라 판결이기 때문이다.

"그럴 리가요?"

상세 보고를 받은 은 부장이 고개를 저었다.

"증거를 보여드리죠."

강토는 윌리스가 쑨커에게 받은 계약서의 위치를 알려주었다. 그의 사무실 소형 금고 안이었다. 물론 금고의 비밀번호도 함께 주었다. 비밀번호의 기억을 꺼내는 건 일도 아니기 때문이다.

은 부장은 오 팀장, 현지 변호사와 함께 윌리스를 찾아갔다. 상의할 업무는 쌓이고 쌓였기에 이상할 것도 없었다.

"양하오 쪽의 초기 자료가 미비해서 왔는데 여기 데이터를 좀 보여주시죠."

오 팀장은 일부러 필요치도 않은 자료를 요청했다.

"잠깐만 기다리시오."

윌리스가 사무실을 나갔다. 그사이에 은 부장은 금고를 열었다. 계약서는 그 안에 있었다. 재빨리 사진을 찍고 금고를 닫았다. 비밀번호를 알고 있었기에 걸린 시간은 5초 정도밖에 되지 않았다.

"개자식!"

대책 본부로 돌아온 은 부장은 펄쩍 뛰었다. 다른 사람은 몰라도 윌리스만은 믿어왔다는 것이다. 더구나 그는 반달전자와의 파트너십을 통해 법률가의 위상을 다진 사람. 은혜를 원수로 갚고 있다는 말까지 나왔다.

기술적 반전 방안 모색!

사안이 사안이다 보니 송 부사장의 지시가 전격적으로 떨어졌다.

"어쩌실 겁니까?"

강토가 은 부장에게 물었다.

"다각도로 검토해 봐야겠지요. 재판까지는 모른 척 진행하면서 마지막에 자료를 바꿔서 저들을 혼란스럽게 하거나 아니면 대표 변호인을 다른 사람으로 교체하거나."

"그 사람이 없어도 소송에 지장이 없다면 교체하면 되지 않을까요?"

"그렇게 되면 양하오 쪽에서 눈치를 채게 될 겁니다. 우리가 윌리스의 이중계약을 알았다는……. 그럼 우리가 이걸 가지고 반전을 노리기 어려워요."

"……."

"난관이군요. 윌리스가 배신했다는 걸 모른 척하면서 다른 교체 사유를 만들기는……."

"이를테면 윌리스 스스로 갑작스레 법정에 나오지 못할 와병 같은 거로군요?"

"그러면 좋죠. 하지만 그 인간, 몸뚱어리 하나는 강철입니다. 계약하기 전에 건강진단까지 다 체크했는데 그 흔한 고혈압도 없었습니다."

"제 소견은 다릅니다만……."

강토가 빙긋 미소를 머금고 나섰다.

"다르다고요?"

"뇌도 진단하셨나요?"

"뇌까지는……."

"제가 뇌파 분석을 하면서 느낀 바로는 그는 뇌가 불안정합니다. 원하신다면 제가 잠시 와병을 만들도록 노력해 볼 수도 있습니다만."

"이 대표님!"

은 부장이 반색했다.

"출격할까요?"

강토는 담담한 미소를 지으며 은 부장을 바라보았다.

선글라스를 통해 본 미국.

괜찮았다. 강토는 윌리스 사무실 건너편의 카페에 있었다. 미국의 테라스는 조금 더 여유로웠다. 그렇다고 별다른 건 없었다. 커피 주문할 때 조금 더 복잡했으므로.

"어 컵 오브 아메리카노!"

덕규의 주문이다. 국어책 읽듯 평탄한 억양에 멜빵 팬츠의 종업원이 울상이 되었다.

"왓?"

"아메리카노, 아메리카노 몰라요?"

"왓 아메리카노?"

"아씨. 실장님, 이 사람 미국 사람 아닌가 본데요?"

"One black, pls!"

문수가 끼어들었다. 덕규가 원하는 아메리카노가 나왔다.

"에이, 미국 놈이 아메리카노도 모르고 진짜……."

테이블에 자리한 덕규는 투덜대느라 바빴다. 집 나온 영어가 고생하는 순간이었다.

"대기하고 계시죠. 제가 로비에 가 있겠습니다."

문수는 윌리스 사무실의 건물로 향했다.

"맛있냐?"

커피를 깔딱거리는 덕규에게 강토가 물었다.

"존나 맛없어. 쓸개를 풀었나?"

"그럼 다른 거 시키지."

"이게 제일 만만해서……."

덕규가 울상을 지었다.

"밥은 먹을 만하고?"

"김치찌개가 그리워."

"미국 온 지 며칠이나 됐다고……."

소소한 이야기를 나누는 사이에 문수에게서 전화가 왔다.

"윌리스 나옵니다!"

강토는 의자를 박차고 일어섰다.

"어, 형, 계산은……."

"네가 하고 나와."

"어, 안 돼. 나 영어가 짧아서……."

덕규의 하소연 따위는 듣지 않았다. 강토는 건널목을 건넜다. 윌리스가 보인다. 젊은 변호사를 거느린 그가 현관에서 위풍당당하게 나오고 있었다.

"윌리스!"

대기 중이던 기자들이 몰려들었다. 미국 언론도 한국과 중국의 특허 전쟁이 강 건너 불구경은 아닌 모양이다.

"안녕하세요?"

윌리스는 스타 기질도 빵빵했다. 기자들 대하는 폼이 여간 자연스러운 게 아니었다.

"한중 특허 전쟁에서 한국 측 변호 책임을 맡고 있죠? 승산은 어떻게 보십니까?"

기자들의 질문이 쏟아졌다.

"변호인의 의무는 소송에서 이기는 것 아니겠습니까? 기대하셔도 좋습니다."

"중국 측 변호인단이 세계 최강이라는 말이 있던데 걱정되지 않습니까?"

"상대가 누구건 최선을 다할 뿐입니다."

윌리스의 달변이 쏟아졌다.

"900Gbyte의 디스카버리를 하루아침에 들이댔다던데 그 또한 당신의 작품입니까?"

"반달전자와의 긴밀한 협력으로 이룬 일입니다. 우린 세계 최고라 감출 게 없거든요."

윌리스가 기자들의 틈을 지나 계단에 닿았다.

'감출 게 없다?'

강토는 그의 당당한 말을 곱씹었다. 능청스럽기 그지없는 표정. 그 뻔뻔스러움에 치가 떨렸다. 윌리스는 감추고 또 감춰야 할 일이 있는 인간이었다.

'계단은 12개, 기자는 다섯 명.'

강토는 현관에서 이어지는 계단의 숫자를 떠올렸다. 문수가 알려준 정보이다. 윌리스는 기자들을 뒤로하고 젊은 변호사와 함께 첫 계단을 밟았다.

'당신의 그 유들유들 빛나는 이미지…….'

강토는 시크릿 메즈를 겨누었다.

―거기까지야!

매직 뉴런이 날아갔다. 강토가 처음으로 안겨준 선물은 중뇌 마사지였다. 중뇌는 시각과 청각이 지나는 곳. 청각을 압박해 현기증을 일으킨 강토는 시각을 잠시 가려 시야를 막아버렸다.

"어!"

윌리스는 바로 중심을 잃으며 계단을 굴렀다.

"윌리스!"

옆에 있던 변호사가 혼비백산하며 아래로 뛰었다. 기자들이 사진을 찍어댔다.

강토가 준비한 또 하나의 선물을 두정엽이었다. 정수리 부위의 두정엽을 건드려 문장 조합 능력을 없애 버린 것이다. 기왕에 써먹은 일이지만 이번에는 조금 가혹하게 작렬시켰다.

"괜찮으세요?"

"괜찮아, 빌."

윌리스가 대답했다. 거기까지는 별 이상이 없어 보였다.

"일단 병원으로 가시죠."

"코앞인데 어디 시간이 안 돼. 재판이 그럴 있어? 친구들 반 달전자 똥 싸기 돌봐줘야지. 전에."

윌리스는 머리를 흔들며 일어섰다.

"윌리스?"

변호사의 눈이 휘둥그레졌다. 원래 윌리스가 의도한 말은 '안 돼. 재판이 코앞인데 그럴 시간이 어디 있어? 반달전자 친구들 똥 싸기 전에 돌봐줘야지'였다. 하지만 문장이 멋대로 나온 것이다.

"들려 시간 말 없다는 안?"

시간 없다는 말 안 들려?

이번에는 기자들도 함께 들었다. 그 또한 영락없는 외계어였다.

—이봐요. 바쁘실 텐데 돌아들 가세요. 내가 요즘 과로했더니 잠깐 어지러워서…….

그 말 역시 풀어헤친 퍼즐 조각처럼 멋대로 튀어나왔다.

"돌아들 이봐요. 가세요. 바쁘실 텐데. 과로를 내가 요즘 어지러워서 했더니 잠깐……."

"아무래도 병원에 가셔야겠습니다."

빌은 윌리스의 입을 막은 채 앰뷸런스를 불렀다.

"기가 막히는군요."

현관에서 나온 문수가 엄지를 세워주었다. 앰뷸런스는 요란을 떨며 멀어지고 있다. 기자들의 차량도 그 꽁지에 따라붙어 세트로 요란을 떨어댔다.

"혹시 원리 같은 걸 물어도 될까요? 궁금해서 그러는데……."

"글쎄, 뇌파를 막 꼬다 보면 저렇게 되기도 하더라고."

강토는 설명을 살짝 피해갔다.

"으음, 대표님에게서는 조금 떨어져 있는 것이 신상에 이롭겠군요."

문수가 엄살을 떨며 한 발 물러섰다.

"농담 그만하고, 은 부장님께 연락해. 하늘이 도왔으니 병원에 가서 윌리스 상태 체크하라고. 저 정도면 윌리스 측에서도 똥고집 부리지 못하겠지? 더구나 기자들도 직시한 일이니."

"당연하죠. 혹시 저거 유효기간 같은 거 있나요?"

"그럴 거야."

"얼마나?"

"상관없잖아? 누가 봐도 심각한 상태인데 저런 사람을 희대의 소송에 대표 변호사로 내볼 수 있겠어? 언제 또 재발될지도 모르고."

"그렇군요."

문수가 전화를 꺼냈다. 은 부장과 통화하는 목소리가 사이다처럼 청량하게 들렸다.

윌리스는 해결!

강토는 팽글거리던 미션 하나를 내려놓았다. 초능력 소년이 농구공을 놓듯 가뜬하게.

제3장
치명적인 복병

"윌리스……."

결전을 앞두고 합류한 송 부사장의 입에서 안도의 숨이 새어 나왔다. 강토와 은 부장, 오 팀장만이 참석한 미팅이다.

"이 대표 덕분입니다."

은 부장이 강토를 바라보았다.

"정말 수고했소. 이 대표가 아니었으면……."

부사장은 고개를 끄덕거렸다.

"죄송합니다. 그의 평판이나 그간의 계약 관계를 고려할 때 전혀 의심하지 못했습니다. 양하오에 대처하는 전략 또한 흠잡을 데가 없었고요."

오 팀장이 고개를 숙였다.

"오 팀장 잘못이 아니야. 인간의 속마음을 누가 알겠나? 다행히 하늘이 우리에게 이 대표를 보내주셨어."

송 부사장은 한 번 더 안도했다.

"이틀 후에 공판입니다. 윌리스가 저 꼴이 된 건 고소하지만 법정에 나갈 대표 변호사 선정이 시급합니다."

"이 대표!"

오 팀장의 말이 끝나기도 전에 송 부사장이 강토를 바라보았다.

"예."

"우리 변호인단 체크는 다 끝났다고요?"

"예."

"누가 적격이라고 생각하시오?"

송 부사장은 전격적으로 강토의 의사를 물어왔다.

"부사장님!"

"회장님은 내게 전권을 주었소. 그 전권을 이 대표에게 드리리다."

"……."

"어차피 이 대표가 아니었으면 윌리스 때문에 망쳤을 일이오. 변호인단을 다 체크했다니 적격자 추천을 부탁드립니다."

"……."

강토는 잠시 주저했다. 자칫하면 수 조, 수십 조가 오갈 수도 있는 초대형 소송. 그 재판정의 운명이 걸린 일을 떠안게 되었다.

'후우!'

갈비뼈 빗장에 걸린 한숨이 무겁게 느껴졌다. 이제는 수 억 정도에는 놀라지 않는 강토. 그러나 수 조는 그 개념이 다른 액수였다.

"나는 이 대표를 믿습니다."

송 부사장은 믿음이라는 단어로 강토를 재촉했다.

강토는 수십 명의 변호인단을 하나씩 더듬어 나갔다. 그중에서 가장 사명감이 뛰어난 변호사, 책임감이 뛰어나고 특허 소송에 또한 가장 능력이 뛰어난 사람, 거기에 더해 변론까지도 물 흐르듯 해낼 사람이 필요한 자리였다.

세 명이 물망에 올랐다. 한 사람은 특허에 대한 전문 식견이 탁월했고, 또 한 사람은 변론이 뛰어난 변호사, 마지막 하나는 비앙카. 여러 조건을 두루 갖추었지만 달변이 아니라는 게 흠인 사람이다.

"그렇다면 저는 비앙카와 잭슨을 추천합니다."

강토는 마음의 결정을 내리고 입을 열었다.

"비앙카와 잭슨?"

오 팀장이 고개를 들었다.

"둘 다 중진 변호사로 명석한 변론이 돋보이는 사람들. 그런데 왜 비앙카를 앞에 세운 것이오?"

송 부사장은 역시 날카로웠다. 우선순위에 대한 의미를 빠뜨리지 않고 짚었다.

"제 생각입니다만… 미국 재판은 배심원들이 중요하다고 들었습니다."

"……."

"잭슨은 전문 식견이 탁월하고 언변도 뛰어나지만 얼굴이 조각 미남형이라 약간의 거부감을 줄 수 있을 것 같습니다. 하지만 비앙카는 그 반대지요. 소탈한 우리 이웃의 진솔한 아줌마 같은 분위기. 그게 오히려 배심원들에게 호소력을 갖지 않을까요?"

"……!"

송 부사장의 눈빛이 출렁거렸다. 강토의 의견에 공감하는 모양이다.

"두 사람 생각은?"

송 부사장이 오 팀장과 은 부장을 바라보았다.

"괜찮을 것 같은데요?"

은 부장이 먼저 대답했다.

"약간 모험이긴 합니다만, 그럴 수도 있겠네요. 원래 중국 측 대표 변호사가 세련된 스타일이라 같은 전략으로 윌리스를 내세우긴 했는데 한번 비틀어보는 것도……."

오 팀장도 반대하지는 않는 눈치다.

"한 가지만 더 물읍시다. 뇌파 분석 말입니다. 그게 통하지 않은 사람들까지 고려한 겁니까?"

송 부사장이 물었다.

"물론입니다. 그분들 중에도 좋은 분이 있지만 저는 아무래도 비앙카와 잭슨 변호사가……."

비앙카!

강토의 생각은 변하지 않았다.

"비앙카 연결해."

송 부사장은 바로 결단을 내렸다. 존경스러운 순발력이다.

이렇게 해서 강토는 문수를 대동하고 비앙카와 오 팀장을 만나게 되었다. 공판 당일에 대한 논의가 필요했기 때문이다.

"구면이죠? 한국에서 온 이강토 대표십니다. 송 부사장님께 당신을 추천한."

오 팀장이 짧게 설명했다.

"땡큐, 베리 머치."

그녀가 소박하게 웃었다.

"설명드려."

강토는 문수를 내세웠다. 문수만큼 영어를 유창하게 하지 못하는 까닭이다. 강토의 설명을 들은 문수는 비앙카에게 재판정에서의 전략을 전해주었다. 바로 배심원을 선택하는 방법이다.

〈배심원을 선택하는 방법〉

사실 쉬운 결정이 아니었다. 당일에도 쉬울 일은 아니었다. 30여 명의 후보. 판사의 성향이나 당일의 상황에 따라 40여 명을 심사할 수도 있었다. 10여 초 동안에 걸어야 하는 승부. 그렇게 많은 사람을 그렇게 짧은 시간에 다뤄보지 않은 일인지라 강토에게도 부담 백배의 일이었다.

어쨌든 결론은 간단하게 전해졌다.

“행복해 보이는 사람이요?”

비앙카가 물었다.

“Yes!”

강토는 한마디로 대답했다.

행복해 보이는 사람을 배심원으로 지명할 것. 비앙카에게는 너무나 간단한 일. 그래서 황당한 일이기도 했다.

행복?

‘이 남자, 대체 무슨 꿍꿍이야?’

강토를 바라보는 비앙카의 눈빛은 분명 그런 의미를 담고 있었다.

—두고 보면 알지요.

강토 역시 눈빛으로 답했다.

“대표님!”

결전을 앞둔 숙소에서 문수가 노트북을 당겨놓았다. 창가의 회의 테이블, 강토는 화면을 보았다. 서울의 반석기 소식이었다.

〈공찬욱 부장검사 구속영장 발부〉

〈검찰 간부 구속. 초유의 사태에 일대 긴장〉

화면에 반석기가 보였다. 당당한 모습이다.

“또 있습니다.”

문수가 화면을 내렸다. 그러자 GBS 방송 영상이 나왔다.

〈막장으로 치닫는 국회의원, 민의의 대표자인가, 비리의 대표자인가?〉

자막과 함께 조아인이 보인다. 마침내 비리에 매스를 댄 모양이다.

"우리나라의 직업군 중에서 가장 쓸모없다고 여기는 직업이 뭘까요? 애석하게도 입으로는 오직 국민만 생각한다는 정치인들, 그중에서도 국회의원인 것은 어제오늘의 일이 아닙니다. 오늘은 그동안 항간에 회자되던 국회의원들의 비리를 점검하는 특별 기획 시간입니다. 국회의원들의 비리, 어디까지가 진실이고 의혹인지 짚어봅니다. 송재오 기자 나와주세요!"

조 앵커의 멘트에 이어 송재오가 화면에 나왔다. 한순길의 저택이다.

'설마?'

영상을 보던 강토의 머리카락이 쭈뼛 뻗쳐올랐다. 한순길의 지하에는 장롱만 한 금고가 있다. 하지만 수색영장이 발부되었을 리는 없을 일.

그런데 화면이 나왔다. 그 금고였다. 강토가 기억으로 열어본 한순길 의원의 지하 초대형 금고. 활짝 열린 금고 안에는 오만 원 다발과 보석, 100달러짜리 뭉치가 산더미처럼 쌓여 있었다.

금고는 두 개였다. 그사이에 하나를 구한 모양이다. 화면은 수십억 원도 넘을 현금을 클로즈업해서 비춰주고 있었다.

다시 화면이 바뀌었다. 저택 밖의 송재오였다.

"이 화면은 한 제보자가 보내준 것입니다. 우리는 한 의원에게 확인을 요청했지만 금고 같은 건 없다고 거절당했습니다. 그러나 본 기자가 이 집의 설계도면을 확인한 결과 지하의 구조가 화면과 다르지 않음이 밝혀졌습니다. 아울러 사제 금고 제작 업체에게서도 한 의원에게 화면의 금고와 똑같은 걸 두 개 판매한 적이 있다는 말을 들었습니다. 제작 업자의 말을 들어보시죠."

화면이 바뀌며 금고 제작 업자가 나왔다. 그 뒤를 이어 다시 송재오가 화면을 채웠다.

"이것은 과연 의혹일까요, 사실일까요? 이 질문에 대해 한 의원은 아직도 모르쇠로 일관하고 있습니다. 그러나 이 팩트를 피하기에는 조금 벅차 보입니다. 그렇게 떳떳하다면 지금이라도 지하실 문을 열어 결백을 밝혀주기를 요청합니다."

송재오가 사라지고 스튜디오가 화면을 이었다. 조 앵커는 냉철한 멘트로 부패 고발을 이어갔다.

"사실이라면 국민적 분노를 피할 수 없는 일이군요. 하지만 다음에 제보된 비리도 이 못지않은 충격이기는 마찬가지입니다. 시청자 여러분, 심호흡을 하시고 시청해 주시기 바랍니다."

이번에는 그래픽이었다. 이진용의 건이다.

뭘까?

그는 비리와 부패 종합 백화점이었다. 방송이란 제한 시간이 있는 법. 가장 충격적인 한두 가지가 올라올 가능성이 높았다.

"성 접대일 겁니다."

문수가 의견을 개진했다. 그 짐작은 정확했다. 일단 화면에 올라온 그래픽은 두 남자의 실루엣이었다.

—이러다가 우리 분야 다 죽습니다, 의원님.

—요즘 모든 분야가 어렵다네.

—이번 법안, 그대로 상정되면 우리 협회 임원들 여의도에서 줄줄이 할복이라도 할 겁니다. 그 첫 주자는 제가 될 거고요.

—방법을 찾아야지 극단적인 생각들을 하시면 쓰나.

—보조금을 높여주세요. 어차피 모든 분야가 다 받는 보조금 아닙니까?

—보조금이라…….

—4억입니다. 활동비로 쓰시고… 저희 의견만 반영해 주신다면 목숨을 걸고 보은하겠습니다.

여기서 그래픽이 바뀌었다. 늘씬한 여자의 실루엣이 나온 것이다.

—뉴욕의 폴리탄 호텔 1108호, 특실 숙박권입니다.

—뭐 이런 걸 다…….

—부디 즐거운 여정 보내시기 바랍니다.

—이번에는 플로리다의 아이언 호텔 스위트룸입니다.

—매번 고맙군.

그래픽이 배경으로 가면서 송재오가 나왔다.

"취재진이 확인한 결과 폴리탄 호텔과 아이언 호텔의 스위트룸은 1박에 300만 원을 호가하는 럭셔리한 룸이었습니다. 그리고 의혹을 받는 이 국회의원은 이날 분명 체크인을 하셨습니다."

체크인.

방송은 검경에 못지않다. 어느새 강토가 넘긴 정보를 죄다 확인한 것이다.

"그리고 이 묘령의 여인, 저희가 입수한 CCTV 화면에 의하면 같은 날 이 묘령의 여인들이 동 룸에 들어간 것으로 확인되었습니다."

CCTV 화면이 나왔다. 한 여자는 미니원피스 차림이고 또 한 여자는 흰 팬츠 차림이었다. 두 화면은 모자이크 처리가 되어 있었다.

"의혹의 의원 보좌관실에서는 이 여인이 의원의 임시보좌관이라고 밝혔습니다만 두 여성이 의원의 방에서 나간 건 익일 아침이었습니다. 보좌관이라면 무엇 때문에 호텔 방에서 밤새워 업무를 해야 했을까요? 아울러 지출 자료를 검토한 결과 임시보좌관을 채용한 사실이 없는 것으로 확인되었습니다."

"더 볼까요?"

멘트가 잠시 끊긴 틈을 타서 문수가 물었다.

"화면은 됐고, 맥주나 한 캔 줘."

"그러죠."

노트북을 셧 다운시킨 문수가 캔맥주를 가져왔다.

뻑!

뻑!

둘은 거의 동시에 캔 뚜껑을 열었다.

"심장이 쫄깃해지는데요?"

문수가 웃었다.

"그러게. 기자들, 대단하네."

"그렇죠? 직접적으로 들이대지 않고 국민들에게 화두를 던졌습니다. 어떻게 생각하느냐. 정말 고난도 공략이군요. 더구나 공 부장검사 건과 맞물렸으니 대한민국 전체가 부글거릴 것 같네요."

"부글거려야지. 우리 국민들, 너무 오래 참은 거 아니야?"

"좀 그렇긴 하죠."

"자, 우리도 제대로 마무리하고 컴백해서 온도 좀 올려주자고."

강토가 캔맥주를 들어 보였다. 문수의 캔이 다가와 가볍게 부딪쳤다. 목을 타고 넘어가는 시원한 맛이 일품이었다.

조아인과 송재오!

강토는 둘의 영상을 머리에서 놓지 않았다. 한마디로 기대 이상, 그야말로 최고였다.

끼익!

차가 멈췄다. 공판이 벌어질 캘리포니아 지방법원 주차장이다. 강토와 문수, 덕규가 내렸다. 앞쪽 차에서는 송 부사장과 은 부장이 내렸다. 비앙카와 오 팀장 등의 변호인단도 차 문을 열고 나왔다. 오전 8시.

이른 시간임에도 예비 배심원들이 속속 도착하고 있었다. 재판에 커다란 영향을 주는 배심원들. 그렇다면 자부심으로 가득해야겠지만 대다수는 그리 해피한 얼굴이 아니었다.

"이 대표."

송 부사장이 다가왔다.

"예."

"부탁하오."

그가 손을 내밀었다. 강토는 말없이 그 손을 잡았다.

"가시죠."

오 팀장이 강토의 길잡이로 나섰다. 비앙카와 변호인단 역시 위풍당당하게 법원 건물로 향했다.

"대표님!"

뒤에서 덕규가 소리쳤다. 강토는 돌아보지 않았다. 무슨 말을 하려는지 알 수 있었기 때문이다. 대신 오른손을 하늘로 뻗은 후 주먹을 꽉 쥐어 보였다.

필승!

강토가 전하는 의미이다.

"예비 배심원들이 여길 지나갈 겁니다."

법원 통로에서 오 팀장이 말했다. 강토는 고개를 끄덕거렸다. 그건 이미 알고 있는 사항이다. 법원의 구조는 사진과 영상으로 골백번도 더 본 강토였다.

"……!"

긴장한 탓일까? 복도에 집중하자 갑자기 머리가 하얗게 변하는 것 같았다. 그 통로의 끝에 차태혁의 6번 뇌가 보이는 것 같았다. 뇌는 허공에 둥둥 떠 있었다. 보존 용액조차 없이.

땡큐!

강토는 혼자 중얼거렸다.

—나 응원하러 온 거지?

—네가 살던 미국으로?

—숫자 좀 많다고 쫄지 말라고 말이야.

강토는 저만치의 환상을 향해 속삭여 주었다.

저벅저벅!

발소리와 함께한 무리의 사람들이 다가오는 게 보였다. 이제 차태혁의 환상은 사라졌다. 복도 끝에서 이어지는 통로, 예비 배심원 명찰을 단 사람들이 꾸역꾸역 밀려들었다.

"우리는 다음 차례입니다."

오 팀장이 창가에 붙어 서서 말했다.

시크릿 메즈!

운명을 가늠한 그 검색어. 그건 문수, 덕규와 머리를 맞대고 골랐다. 강토는 지나가는 배심원들을 상대로 검색어를 연습하지 않았다. 배심원의 숫자만 세었다. 총 36명이다. 짧은 시간 안에 30여 명. 뇌에 과부하가 오는 건 아닐까?

제발 잘되기를.

골몰해 있는 사이 복도 끝에서 웅성거림이 들려왔다. 법원 직원이 먼저 보였다. 그리고 그 뒤로 또다시 30여 명의 예비 배심원들이 행진하기 시작했다.

'온다!'

강토는 두 다리에 힘을 주고 매직 뉴런의 잠을 깨웠다.

바로 그때,

"이봐요!"

뒤에서 위압적인 목소리가 들려왔다.

* * *

"이봐요!"

강토는 소리를 따라 고개를 돌렸다. 두 명의 법원 경비원이다. 한국과는 달리 묵직한 포스가 엿보였다.

"무슨 일이죠?"

오 팀장이 나서서 물었다.

"변호인단의 일원이죠?"

경비원들은 강토와 오 팀장의 출입증을 바라보았다.

"그런데요?"

"대기실은 이쪽입니다. 예비 배심원들 통로라서 방해되니까 저쪽으로 이동하세요."

당장 이동!

청천벽력이 떨어졌다.

오 팀장의 얼굴이 사색으로 변했다. 점점 더 가까워지고 있는 예비 배심원들. 자칫하면 손도 못 써보고 마는 상황이 연출될 수 있었다.

"아, 이봐요, 우린 말이죠."

오 팀장은 기지를 발휘해 시간을 끌려 했다. 강토의 스케줄을 들은 까닭이다. 이 자리에서 강토가 뇌파 분석을 시도해야 하기 때문이다.

"당장 이동하세요!"

경비원들은 완고했다. 벨트 위에 묵직하게 올라간 두 손. 여차하면 강제로 밀어낼 기세이다.

'할 수 없지.'

강토는 재촉하는 경비원에게 먼저 매직 뉴런을 출격시켰다.

'가바!'

선택은 신경 전달 물질인 가바였다. 그 분비량을 급격히 줄이자 경비원은 경련으로 몸을 뒤틀었다.

"이봐, 괜찮아?"

남은 한 명의 경비원이 그를 부축하며 물었다. 강토는 오 팀장에게 찡긋 윙크를 보냈다.

"저쪽으로……. 안정이 필요합니다."

오 팀장이 구석 의자 쪽으로 경비원을 끌었다.

그제야 강토는 호흡을 고르며 재빨리 예비 배심원들을 바라보았다. 선두와의 거리는 10여 미터. 이제는 가리고 말 것도 없었다.

'시크릿 메즈!'

선두의 배심원부터 매직 뉴런을 겨누었다. 강토가 선택한 검색어는 단 두 개였다.

〈반달전자!〉

〈양하오!〉

첫 배심원은 통과시켰다. 두 번째도 통과였다. 둘은 반달전자와 양하오의 주식을 소유하고 있었다. 그렇다면 배심원으로 선정될 확률이 없었다.

세 번째도 통과였다. 그는 반달전자 미국 법인에 근무한 경력이 있었다. 그 또한 배심원으로 채택되기 어려운 항목이다.

네 번째도 통과. 그는 양하오에 우호적이었다. 반달전자에 제품을 구매하러 갔다가 직원과 다툼을 벌인 기억이 나왔다.

다섯, 여섯, 일곱…….

세 배심원에게는 세로토닌의 분비를 높여주었다. 굳은 얼굴은 바로 싱글벙글 밝은 미소로 바뀌었다. 그들은 반달전자에 대해 호감을 가진 사람들이었다.

그사이에 둘을 놓쳤다. 안내자 때문이다. 그가 강토의 시선을 막으며 배심원들에게 방향을 알려준 것이다. 강토는 재빨리 각도를 틀어 시야를 확보했다.

여덟, 아홉…….

다시 두 명에게 세로토닌을 선물했다. 이어지는 열, 열한 번째 배심원 후보에게는 반대로 선물을 했다. 세로토닌의 양을 줄여 꿀꿀한 표정으로 만들었다. 둘은 중국에 대한 선호도가 높은 사람이었다.

스무 명을 넘기자 강토의 머리가 뜨끈해지기 시작했다. 살짝 긴장이 되었다. 최대한 줄인 검색어. 그러나 숨 쉴 틈도 없이 이어지는 일이라 과부하가 오는 듯했다.

'아홉 명…….'

강토가 세로토닌을 높여 해피한 기분을 안겨준 사람의 숫자이다.

'그리고 일곱 명…….'

일곱은 꿀꿀한 기분으로 만들었다.

서른두 명의 예비 배심원 가운데 무려 스물두 명을 체크한 것. 하지만 그보다 놓친 열 명이 아쉬운 강토였다.

'윽!'

강토는 머릿속에 스쳐 가는 전류의 잔상을 느꼈다.

지직지지직!

전류는 작고 짧은 파장으로 끊었다. 이 일은 그야말로 필사적. 단순한 검색이었다고 해도 사람이 너무 많았던 것이다.

"이 대표님!"

오 팀장이 다가와 허덕이는 강토를 부축했다.

"괜찮습니까?"

"예, 견딜 만합니다."

"일은?"

오 팀장이 물었다. 경비원을 묶어두느라 상황을 보지 못한 그다.

"모두 열여섯에 표식을 했습니다. 우군이 될 사람은 아홉 명."

"아홉 명."

오 팀장이 고개를 끄덕거렸다. 통상 배심원은 10~12명이 배정된다. 그중 아홉은 밝은 표정으로 배심원 심사실에 들어설 것이다. 그리고 일곱은 우울한 표정. 비앙카가 해피한 표정의 배심원을 선택하고, 양하오 측에서도 한둘을 더 지명한다면 배심원 선정에서 유리한 고지를 차지할 것이다.

거기에 더해 꿀꿀한 표정의 배심원들. 누구든 우울한 사람을 좋아할 일은 드문 까닭에 그들은 양하오 측에서도 배제될 가능성이 높았다.

"수고하셨습니다. 이제 좀 쉬시죠."

이번에는 강토를 의자에 앉힌 오 팀장, 예비 배심원들이 들어간 방을 향해 시선을 고정시켰다.

"와우!"

배심원 선정을 마친 비앙카가 변호인단이 모인 주차장 공간으로 돌아오자 강 부사장을 위시한 변호사들이 짧게 환호를 질렀다. 배심원은 총 열 명으로 결정되었다. 그중에서 해피한 표정의 배심원이 무려 일곱이라는 말 때문이다. 비앙카는 당연히 강토의 제의에 따랐고, 양하오 측에서도 그들 일부를 선택한 것. 전략은 대성공이었다.

"배심원 선정은 되었고, 이제 비앙카의 책임이 막중하오."

송 부사장이 비앙카를 바라보았다.

"걱정 마세요. 실망시키지 않겠습니다."

비앙카는 대답하며 머리를 살짝 저었다.

"어디 안 좋소?"

송 부사장이 물었다.

"그게 아니고… 갑자기 머리가 좀……."

비앙카가 이마 모서리를 눌렀다.

"그게… 저도 조금 전부터……."

이번에는 다른 변호사도 머리를 저었다.

"다들 그래요? 실은 나도 갑자기 머리가 지끈……."

또 다른 변호사도 미간을 찡그린다.

"가까운 곳에 있는 닥터를 부르게."

걱정이 된 송 부사장이 특명을 내렸다. 의사가 바로 달려왔다.

"별 이상이 없어 보이는데요?"

변호인단을 체크한 의사가 말했다.

"너무 긴장한 것들 아니오? 중요한 일이긴 하지만 마음을 편히 가집시다. 이 소송은 우리가 불리하지 않아요."

송 부사장이 일동을 격려했다. 그 순간, 비앙카에게 비밀 전략을 지시하던 송 부사장이 돌연 이마를 잡고 휘청거렸다.

"부사장님!"

은 부장과 오 팀장이 달려들었다.

'뭐야?'

강토는 뭔가 이상한 생각이 들었다. 반달전자 팀에게 차례차례 엄습해 오는 이유 없는 두통. 그러고 보니 두통은 강 부사장과 변호인들에게만 일어났다.

'혹시?'

강토는 덕규를 돌아보는 하는 척하면서 주변을 살펴보았다. 불현듯 노천카페에서 본 초능력 염력의 소년이 스쳐 간 까닭이다.

세기의 소송!

반달전자는 그 필승을 위해 강토를 내세웠다. 그렇다면 중국의 양하오 또한 그러지 말라는 법이 없었다. 송 부사장의 기억에서 본 중국의 기공술사들. 그 넓은 대륙에 그만한 사람이 없다는 법도 없지 않은가? 양하오 또한 승리를 위해서라면 그들을 동원할 수 있었다.

중국인!

툭 터진 주차장의 한편, 오가는 사람들이 꽤 보였다. 그들 중에서 중국인을 살폈다. 보이지 않았다. 대신 유대인으로 보이는 50대의 장년이 눈에 들어왔다. 거리는 10여 미터. 모자를 눌러쓴 그는 반달전자 쪽을 향해 시선을 겨누고 있었다.

'저 사람이?'

본능적으로 그에게 시크릿 메즈를 겨누었다.

"……?"

강토는 그만 숨이 멈출 것 같았다. 매직 뉴런들이 유대인의 눈으로 들어가기 전에 신기루처럼 흘러내린 것이다.

'염력?'

폭발적인 긴장감이 척추를 타고 흘러내렸다. 강토는 침착하게 유대인을 살펴보았다. 그의 시선은 다시 비앙카를 노리고 있었다.

반짝!

모자 속의 눈빛이 번득이자 비앙카는 힘겨운 듯 숨을 몰아쉬었다.

“입장할 시간입니다.”

송 부사장을 돌보던 은 부장이 말했다.

“그럼…….”

비앙카는 원인 모를 두통을 안은 채 법정을 향해 걸었다.

“덕규야.”

강토는 덕규에게 눈빛을 보냈다. ‘어’ 하면 ‘아’인 줄 아는 덕규. 강토의 눈빛에서 심각성을 깨닫고 집중했다.

“돌아보지 말고, 저쪽에 보면 모자 쓴 인간 있잖아. 잘 지켜보고 있어라.”

지시를 남긴 강토는 문수 손을 잡아끌었다. 약간의 거리를 둔 채 변호인단을 좇아갔다. 허덕이는 몸으로 비앙카의 뇌에 매직 뉴런을 집어넣었다.

‘젠장!’

강토의 짐작은 맞았다. 비앙카의 뇌 속 질서는 엉망이었다. 유대인의 조치(?)로 인해 뇌 속 뉴런들이 멋대로 엉기고 성긴 것이다. 이대로라면 유리한 배심원 배정과는 상관없이 재판을 망칠 판이다. 몽환에 빠진 변호사의 편을 들어줄 배심원이 어디 있단 말인가?

강토는 매직 뉴런을 다그쳤다. 엉망으로 꼬인 시냅스의 가지와 돌기들을 어루만져 엉긴 뉴런들을 제자리로 돌려놓았다. 앞쪽의 시냅스들이 자리를 잡자 연쇄반응이 일어났다. 비앙카의 뇌는 겨우 정상으로 돌아갔다.

"비앙카."

무심한 듯 옆을 걸으며 나지막이 속삭이는 강토. 그 말은 문수가 옮겨주었다.

"예?"

"이제 두통은 가실 겁니다. 하지만 표시 내지 마세요."

"……?"

"누군가가 비앙카와 변호인단에 술법을 쓴 것 같습니다. 그러니 법정에서도 이따금 머리를 짚으며 불편한 척하세요. 그리고 마지막에 반전을 이루세요."

"알았어요."

속삭이던 비앙카는 두통에 찌든 척 연기를 했다. 그 사이로 엿보였다. 강토에게 보내는 윙크의 신호. 강토와 문수는 변호인단 통로 앞에서 멈췄다.

보였다.

저만치 보무도 당당하게 들어오는 양하오의 변호인 군단. 선두의 블렌을 향해 매직 뉴런을 겨누었다.

'뿌린 대로 거두는 법!'

강토는 저들의 대표 변호사 블렌을 향해 매직 뉴런의 회오리를 일으켰다. 그러나 뇌 속에서는 한없이 부드럽게 움직였다. 그에게 내린 징벌도 크지 않았다. 의뢰자 쑨커가 강조한 주요한 전략이 새겨진 기억의 뉴런을 찾아내 그 돌기를 마모시켜 버린 것. 절정의 순간에 포인트가 기억나지 않도록 손을 쓴 것이다.

'이렇게 하면 공평하지?'

강토는 휘청거리는 다리를 끌고 화장실로 향했다. 쉴 시간이 아니었다.

"대표님!"

"쉬잇!"

강토는 창문을 통해 유대인을 내다보았다. 그는 이제 송 부사장에게 시선을 겨누고 있었다. 챙에 가려진 눈매 안에서 아른거리는 신묘한 파워. 송 부사장은 입으로 거품까지 뿜으며 쿨럭거렸다.

"방 실장."

강토는 문수를 돌아보았다.

"예."

"내가 나가면 신발이라도 벗어서 이 창문을 깨뜨려 줘. 알았어?"

"대표님……."

"저놈이 수상해. 그러니까 깨작거리지 말고 한 방에."

"알겠습니다."

대답과 함께 강토는 밖으로 뛰었다.

변호인단에게 조치를 한 유대인. 이제 오롯하게 노리는 송 부사장. 그 염력을 다 받으면 어떤 결과를 초래할지 알 수 없었다.

탁탁탁!

단숨에 주차장으로 나왔다. 순간, 유대인의 시선이 강토에게 옮겨왔다. 그 역시 강토의 존재가 거슬리는 모양이다.

'시크릿… 억!'

다시 한 번 매직 뉴런을 겨누던 강토는 머리가 빠개질 것 같은 고통에 걸음을 멈췄다. 예상 못한 유대인의 선공이었다.

"이, 이……."

강토는 기를 쓰고 버텼다. 눈을 벗어난 강토의 매직 뉴런들. 허공에서 무기력하게 들썩이는 게 보였다. 강력한 염력에 막혀 방향을 잃은 것이다.

순간,

와장창!

화장실 쪽에서 유리 박살 나는 소리가 들렸다. 그러자 유대인의 시선이 그쪽으로 돌아갔다.

'지금이야!'

강토는 사력을 다해 매직 뉴런을 몰아쳤다.

"발진! 발진!"

뇌파를 모아 필사적으로 밀었다. 꿀럭거리던 매직 뉴런들이 한곳으로 모이더니 강토의 의지가 겨눈 목표를 향해 움직이기 시작했다.

"가! 가란 말이야!"

다시 한 번 의지를 불태우자 마침내 매직 뉴런들이 유대인의 눈을 파고들어 갔다.

"어억!"

강토는 더 크게 꿀럭거리며 비틀거렸다. 유대인의 공격이 이어진 것이다. 뇌 안으로 들어온 염력은 뇌를 움켜쥐고 갈기갈기 찢는 듯한 장력으로 작용했다. 내장이 뒤틀리고 사지가 엇갈리는 것 같았다.

"덕… 규……."

강토는 복부를 싸안으며 유대인을 가리켰다. 신호를 받은 덕규가 미친 듯이 날아올랐다.

"와아앗!"

기합 소리 쪽으로 유대인의 염력이 옮겨갔다. 강토는 그 기회를 놓치지 않았다.

'일단 숨뇌부터!'

강토는 숨을 고를 여유도 없이 기어이 매직 뉴런으로 유대인의 뇌를 휘저었다.

"꺼억!"

살광을 뿜던 유대인의 눈이 뒤집히는 게 보였다. 강토의 매직 뉴런들이 연수를 압박해 호흡을 중지시킨 것이다.

와작!

순간, 염력에 밀리던 덕규의 하이킥이 위세를 뿜었다. 일격을 당한 유대인은 두 손으로 덕규의 가슴을 치며 물러섰다.

"됐어. 이제 쉬어라."

—내가 맡는다.

덕규를 밀어낸 강토가 한 발 다가섰다.

강토와 유대인!

"후우!"

강토는 목에 걸린 거친 숨을 몰아쉬었다. 그제야 염력의 위협에서 자유로워지는 것 같았다. 강토는 숨을 고르며 유대인을 바라보았다. 이제 상황은 완전히 역전. 매직 뉴런이 그의 뇌 안에 있는 바에야 그가 극강의 마법사라고 해도 겁날 게 없었다.

*　　　*　　　*

"당신……."

강토가 한 발 더 다가섰다. 화장실에서 나온 문수는 덕규와 함께 서서 유대인을 바라보고 있다.

"뭐야?"

강토가 물었다.

"……."

"말하기 싫으면 대답하지 않아도 돼. 양하오의 쑨커가 보냈지?"

"……."

침묵하는 그의 이미지에서 익숙함이 느껴졌다.

'초능력 소년?'

강토가 고개를 갸웃거렸다. 어쩐지 초능력 소년과 닮은 느낌이 든 것이다.

"요오옷!"

잠시 숨을 죽이던 유대인의 두 손이 허공에 원호를 그리는 순간, 강토는 연수를 압박해 호흡을 중지시켰다.

"커컥!"

유대인이 가슴을 쥐어뜯으며 주저앉았다. 그런데 그 소리는 강토의 뒤에서도 들려왔다.

"대표님!"

문수가 소리쳤다. 송 부사장 쪽이다. 겨우 안정이 되어가던 송 부사장이 다시 거품을 뿜은 것이다. 유대인의 꼼수였다. 그의 염력이 노린 것은 강토가 아니라 송 부사장인 모양이다.

"부사장님!"

은 부장이 절규를 토했다. 강토는 그쪽으로 뛰었다. 염력의 목표는 부사장의 머리였다. 강토는 서둘러 매직 뉴런을 집어넣었다. 대혼란에 빠진 부사장의 뇌.

"형!"

이번에는 덕규의 외침이 들렸다. 겨우 부사장의 응급조치를 마치고 돌아보는 강토. 덕규는 보이지 않고 문수가 담장 아래 있다. 닭 쫓던 개 지붕 쳐다보는 그 얼굴이다.

"여길 넘어갔습니다."

문수가 말했다.

"덕규는?"

"쫓아 나갔습니다."

'이런!'

강토는 뒤도 보지 않고 뛰었다. 법원 담장을 끼고 돌자 덕규가 보였다. 그 또한 담벼락을 바라보는 문수의 표정과 닮아 있었다.

"잽싸게 튀었어!"

덕규는 잔뜩 상기되어 있었다.

"다친 데는?"

"나는 괜찮아. 형은?"

"보다시피."

강토는 어깨를 으쓱해 보였다. 순간, 강토의 머릿속이 출렁 흔들리면서 섬광이 일었다. 섬광은 오직 한 가지 색이었다.

후우웅!

은빛.

난폭한 은빛 섬광.

강토는 폭풍처럼 시야를 덮는 그 섬광에 사로잡혀 의식을 잃었다. 그 와중에도 생각했다. 법정 안팎에서 일어난 엄청난 대결. 법정 밖의 부사장은 살렸다. 남은 건 법정 안.

비앙카.

잘하고 있겠지?

거기까지 생각한 강토는 스르르 온몸에서 힘이 빠지고 말았다.

톡톡!

물방울 소리가 들린다. 눈을 떠야 하는데 떠지지 않았다. 어딜까? 강토는 먼저 고개를 들었다. 온몸이 뻐근했다. 눈에 힘을 주었다. 눈꺼풀이 무거웠다.

'염력…….'

그 단어가 떠올랐다. 그러자 몸이 무조건반사를 하듯 짜릿하게 경련했다. 유대인의 모습도 떠올랐다. 모자 속의 그 눈빛. 세상을 녹여 버릴 듯한 그 눈빛.

'근처에 숨어 있다 기습한 건가?'

그의 염력은 상상 이상이었다. 덕규와 문수의 협력이 아니었다면 강토도 당했을 수 있었다. 뇌를 압박하는 위압감은 장난이 아니었다.

덕규 자식.

생각하니 기특했다. 그래도 한솥밥 먹는다고 강토의 의도를 한눈에 파악했다. 유대인의 염력 공세를 받고도 제 몸 돌보지 않고 달려들었다. 하이킥도 녹슬지 않았다. 제대로 허공을 갈랐다.

형!

귓속에 덕규의 속삭임이 들리는 것 같았다. 순간, 강토의 눈이 천천히 열렸다.

"형!"

이번에는 진짜 덕규의 목소리였다. 침대 맡에 붙어 있던 덕규가 소리를 지른 것이다.

"대표님!"

문수 소리도 들렸다. 어지러운 시선을 가다듬었다. 링거 선이 보인다. 허여스름한 천장도 보였다. 소독약 냄새와 약 냄새……. 안 봐도 병원으로 보였다.

"이 대표!"

문수 뒤에서 송 부사장이 걸어나왔다. 은 부장과 오 팀장도 있었다.

"부사장님……."

"이 사람, 깨어났구먼!"

송 부사장이 강토의 손을 잡았다. 축축해 보이는 눈망울과 상기된 콧방울. 강토를 얼마나 걱정했는지 알 수 있는 단면이다.

"괜찮으십니까?"

강토가 물었다.

"그건 내가 물을 말이오. 침대에 누운 건 이 대표이시니……."

"배심원 평결은요?"

"우리가 일방적으로 이겼소."

"……?"

"배심원단은 양하오 측의 주장을 인정하지 않았습니다. 법정 분위기는 완전히 우리 반달전자 쪽이었다고 합니다."

오 팀장이 부연을 했다.

"다행이군요."

"다 이 대표 덕분이오. 나를 살리고 우리 반달전자를 살렸소."

송 부사장이 말했다.

"저야 마땅히 할 일을……."

"아니오. 비앙카에게 들었소. 이 대표가 비틀거리는 몸으로 다가와 자신의 두통을 제거해 주었다고. 법정에서의 반격을 상기시켜 주었다고."

"……."

"그게 제대로 먹혔다고 했어요. 저들은 우리 변호사들에게 이상이 생긴 것으로 알고 유유자적했는데 실상 이상을 드러낸 건 저들의 대표 변호사였다고 하오. 게다가 비앙카가 마지막 10분 발언에서 특유의 진솔함으로 배심원들의 마음을 샀다고……."

"……."

"주차장에 있던 괴한에 대해서는 경찰에 신고했어요. 경찰이 수사에 나섰으니 곧 단서가 나올 것 같소이다."

"그렇군요."

"기선을 완벽하게 제압했으니 1차 판결도 낙관적으로 나올 것 같소이다. 이제 이 대표만 일어나면 됩니다."

"예."

"본사에서 회장님도 이 승전보에 감격을 금치 못했다고 합니다. 귀국하시면 회장님이 따로 치사를 하실 것 같소이다."

"예."

"그럼 편히 쉬시오. 필요한 게 있으면 은 부장 편에 뭐든지 요청하고."

부사장의 목소리에서는 감격이 가시지 않았다.

"예."

"이 대표, 정말 고맙소."

송 부사장은 한 번 더 치사를 하고서야 병실을 나갔다.

"방 실장."

송 부사장 일행이 나가자 강토가 문수를 불렀다.

"예, 대표님."

"의사 좀 불러와."

"왜 그러십니까?"

"퇴원해야지."

"안 됩니다. 이제 일도 끝났으니 조금 더 쉬시는 게……."

"쉴 병이 아니야. 조금 무리가 되었던 것뿐이지."

"일단 의사를 불러오기는 하겠습니다. 퇴원은 검사 결과를 듣고……."

"그러지."

"형……."

문수가 나가자 덕규가 강토를 바라보았다.

"뭐야, 그 나약한 눈빛은?"

"그렇게 말하면 안 돼지. 기절한 형을 업고 뛴 사람이 누군데."

"너냐?"

"응."

"그래서 공치사 들으려고?"

"아니, 깨어나 줘서 고맙다고."

"안 깨어나면 너 귀국 못 하니까?"

"아, 진짜……."

"농담이고, 너도 고마웠다. 아직 깡은 살아 있던데?"

"당연하지. 황덕규 깡 빼면 시체잖아?"

"그 인간 얼굴 못 봤지?"

"모자 때문에……. 그 인간, 형하고 같은 과야?"

"비슷한 것 같았다. 계열은 다르지만."

"젠장, 미국 오니까 별 인간이 다 있네. 그런 엿 먹은 기분은 처음이었어."

"지금은?"

"괜찮긴 한데… 그 인간 또 나타나는 거 아니야?"

"그럼 그때는 제대로 하이킥 한 방 먹여라. 죽통에다 정확하게 빡!"

"그러지, 뭐."

대화를 나누는 사이에 문수가 의사를 대동하고 들어섰다. 의사가 영어로 말했다. 통역은 문수가 담당해 주었다.

"깨어났으니 큰 문제는 없는데 약간의 이상 소견이 있답니다."

"무슨?"

"뇌 MRI 상에 이상한 흔적이 보인다고 하네요."

"흔적?"

흔적이라고 했다.

강토가 고개를 들자 문수가 의사에게 흔적에 대해 물었다.

"종양 같지는 않은데 조금 이상하기는 하답니다. 나중에 기회가 되면 정밀 검사를 받아보는 게 좋겠다고……."

"알았다고 해. 미친 듯이 뇌파를 써서 그런 걸 거야."

"예."

문수는 강토의 뜻을 의사에게 전했다. 의사는 내일이라도 이상 증세가 있으면 다시 오라는 말과 함께 퇴원을 허락해 주었다.

미국에서의 여정은 끝났다.

그렇게 생각했다. 배심원 평결에서 완승을 이끌어낸 강토이다. 그건 정식 판결에서도 참작이 될 일. 이제 한국으로 돌아가도 될 것이다.

"항공편은?"

송 부사장이 제공해 준 차에 오르며 강토가 문수를 보았다.

"바로 알아보도록 하겠습니다."

"한국 동향은 체크하고 있지?"

"그럼요. 국회가 패닉에 빠졌답니다. 일부 시민들은 국회 자폭을 외치며 의사당에 똥물을 투척하고 있고요. 정 간사님이 움직여서 일부 국회의원들은 자정을 선언하고 스스로 비리 검증을 받을 용의가 있다는 기자회견을 열었답니다."

"얼마나?"

"아직은 각 당에서 몇 명 수준인데 실세들의 행보에 따라 뇌관이 될 수도 있다고 하더군요."

"흐름이 중요할 때네?"

"그런 것 같습니다."

"기사님, 어디 제일 근사한 레스토랑으로 가주세요."

강토는 운전을 맡고 있는 반달전자 현지 직원에게 요청했다.

"배고프세요?"

문수가 물었다.

"그런 건 아니지만… 우리 황 부실장 로망 좀 채워줘야지. 맨날 자리 지키느라 지루했을 텐데."

"저 괜찮습니다!"

조수석의 덕규가 의젓하게 대답했다.

"사양할 거 없어. 원하는 거 뭐든지 사줄게."

"정 그러면 미국식 대박 햄버거나 세숫대야 스테이크 같은 거 좀 사주세요. 그 3단, 4단 높이의 햄버거나 사람 얼굴만 한 스테이크 있잖아요. 토픽 같은 데서 그거 보면 신기했거든요."

"들으셨죠?"

강토가 직원에게 말했다.

"모시겠습니다."

차가 도로를 돌았다. 저만치 숙소 호텔이 보이기 시작했다. 거기서 차가 멈췄다.

"……?"

강토가 고개를 들었다. 그 노천카페였다. 강토가 초능력 소년을 본 바로 그곳.

"여기가 햄버거도 잘하고 대형 스테이크도 하는 집입니다. 마음에 안 드시면 좀 더 근사한 곳으로 모시겠습니다."

직원이 말했다. 하긴 그럴 것도 같았다. 초능력 소년을 본 날 본 햄버거가 떠올랐다. 덕규가 말한 그런 햄버거였다.

"아닙니다. 숙소도 가깝고 좋네요. 수고하셨습니다."

강토는 직원의 의견을 접수했다.

"가까운 곳에 있을 테니 필요하면 바로 연락하세요."

직원은 도로를 따라 달려갔다.

"우와!"

햄버거가 나왔다. 덕규가 바라던 5층 높이였다. 거짓말 좀 보태서 한 아름이었다.

"먹을 수 있겠어?"

문수가 물었다.

"걱정 마시죠. 일단 인증 샷부터!"

덕규는 핸드폰부터 꺼내 들었다. 강토는 무대를 보았다. 무대에 테이블이 깔렸다. 종업원이 오자 질문했다. 오늘은 마술이 없는 요일이라는 답이 돌아왔다.

"마술요?"

햄버거를 베어 문 덕규가 강토를 바라보았다.

"그런 거 있어. 천천히 먹어라."

강토는 콜라를 밀어주었다.

야옹!

어디선가 고양이 두 마리가 나타났다. 여자들 테이블에서 고양이를 불렀다. 먹을 것도 던져주었다. 하지만 고양이들은 강토 앞에 앉았다. 꼬리를 세우고 다리를 모은 얌전한 자태. 미국 고양이도 강토를 알아보는 모양이다.

패티를 조금 떼어주었다. 고양이들이 맛나게 먹었다.

'이제 가봐.'

강토가 눈빛으로 말했다. 고양이들이 입맛을 다시며 멀어졌다.

"엄마한테 보내게 셋이 한 장 박아요. 그동안 사진도 같이 제대로 못 찍었는데……."

덕규의 요청에 따라 셋은 가까이 붙었다.

찰칵찰칵!

기회를 놓칠세라 덕규는 많이도 눌러댔다.

"대표님이 골라주세요. 제일 잘 나온 걸로."

덕규가 핸드폰을 내밀었다. 사진을 골라주었다. 물론 강토가 제일 잘 나온 걸로. 그게 사람의 마음이다.

"아, 진짜……. 내가 잘 나온 걸로 골라야죠."

덕규가 볼멘소리를 했다.

야옹!

고양이 소리가 따라왔다. 그런데 그 소리가 좀 다급해 보였다. 강토는 소리를 따라 고개를 들었다. 노천카페 건물인 2층 옥상이다. 강토를 바라보던 그림자가 고양이를 떨쳐내는 모습이 보인다. 그 모습이 낯이 익었다.

'젠장!'

염력을 뿌리던 그 유대인이었다.

"피해!"

강토는 외침과 함께 재빨리 몸을 날렸다.

"억!"

문수와 덕규도 혼비백산해 몸을 날리려 했지만 이미 늦었다.

굉장한 압박을 느끼며 의자와 함께 넘어가고 말았다.

시크릿 메즈!

강토는 노천카페의 2층 건물 옥상을 향해 미친 듯이 매직 뉴런을 날렸다. 고양이 덕분이다. 어느새 다섯 마리로 늘어난 고양이들이 유대인에게 달려들고 있었다.

'두 번 실수는 없어.'

단숨에 매직 뉴런을 집어넣은 강토는 안으로 들어갈 것도 없이 전두연합령을 장악하고 그곳의 뇌세포를 몰아쳤다. 전두연합령은 이마 바로 윗부분으로 뇌의 여러 영역에서 입력이 오는 곳. 막대한 양의 정보를 담당하는 그곳이 기능을 잃으면?

"꾸어어억!"

매직 뉴런을 몰아치자 유대인이 옥상 난간 위에서 펄쩍 뛰었다. 그것은 마치 광분한 고릴라를 닮아 보였다.

"꿰에에!"

야만!

이성의 틀에 갇힌 야만의 탈출. 유대 염력자는 그것의 똑똑히 보여주었다. 여기저기 멋대로 머리를 박은 그는 피투성이가 된 채로 노천카페의 여자 테이블을 향해 몸을 날렸다.

"까아악!"

비명이 하늘로 올라갔다. 그리고 그 하늘에 총성이 울려 퍼졌다.

타앙! 타앙!

두 발이었다.

총을 쏜 사람은 경찰이었다. 순찰을 하다가 비명을 들은 경찰들이 옥상에서 여자들을 덮치려 하는 유대인에게 권총을 발사한 것이다.

"꾸어억!"

유대인은 마지막 괴성을 남기고 숨을 거두었다. 손님들은 공포에 질려 물러섰다. 일부는 앰뷸런스에 실려 갔다. 경찰들은 몇 가지 현장 조사를 마치고 시신을 수습했다. 그걸 지켜보던 강토는 멀지 않은 곳에 떨어진 고양이를 발견했다.

야옹!

고양이는 고통에 겨운 표정을 지었다. 유대인이 팽개치는 통에 늑골이 다 무너진 것이다.

'아파요!'

느낌이 고스란히 전해왔다. 머리도 깨져 치료할 수 없는 상황. 강토는 고양이를 안은 채 연수의 호흡을 닫아주었다.

야옹!

고양이는 편안한 소리를 내며 눈을 감았다.

'고마워!'

강토도 눈을 감았다. 고양이를 꼭 끌어안은 채.

제4장
마무리는 깔끔하게

ORDER SHEET

뉴스가 나왔다.

미국 뉴스이다.

그 남자가 나왔다.

염력의 유대인이다.

또 아는 사람이 나왔다. 그의 아들이다. 강토가 본 그 초능력 소년이었다. 소년은 아버지의 시신 앞에서 눈물을 떨구었다. 유대인의 발작 원인은 밝혀지지 않았다. 밝혀질 리도 없었다.

대디!

화면 속의 아이 발음이 읽혀졌다. 유대인의 죽음은 우발적인 정신 발작으로 끝날 모양이었다. 미국에서는 흔한 일이었다. 대통령을 저격한 사람도 그런 적이 있었다. 그러나 강토는 알고 있었다. 그를 보낸 사람이 누구인지.

"부사장님 좀 연결해 줘."

뉴스를 보던 강토가 입을 열었다.

"지금요?"

문수가 되물었다. 짐을 싸던 참이다.

"좀 만나야겠어."

"그럼 귀국은……."

"연기해."

강토의 목소리는 담담했다.

"여보세요."

문수가 통화를 하는 동안 강토는 아버지를 생각했다. 피 때문이다. 그때도 피가 있었다. 아버지가 노중권을 찔렀던 것이다. 그때의 강토는 초능력 소년처럼 어리지 않았다. 그럼에도 충격이었다. 태산 같은 아버지와의 격리…….

그런데 소년은 격리가 아니라 영원한 이별이다.

"지금 와도 된답니다."

"그럼 택시 좀 부탁해."

"반달전자 차가 온다는데요?"

문수가 돌아보았지만 강토는 벌써 복도로 나서고 있었다.

"함께 다녀올게."

덕규를 바라본 문수가 문으로 뛰었다.

택시가 도로를 달렸다. 도심은 무심했다. 어디에선가는 주검과 음모가 들끓고 있지만 다른 곳은 한가롭고 평온하기 그지없다. 그게 세상이다. 누군가에겐 처절한 전투라 해도 다른 이에게는 그저 하나의 뉴스에 불과한 것이다.

"이 대표!"

대책 본부의 송 부사장이 반색했다. 강토는 그와 독대를 했다. 방금 본 뉴스에 더해 사실을 몇 개 보태주었다.

"쑨커?"

부사장의 안색이 회색으로 변했다.

"그렇습니다."

"끄응!"

신음이 나왔다. 맞소송을 벌이는 상대지만 사람이 죽은 일이다.

"짐작은 했지만……."

"부사장님."

"말씀하시오."

"회사의 전략은 잘 모릅니다만 저들과 합의를 할 수도 있다고 하셨죠?"

"물론이지요."

"지금 타진하시죠."

"……?"

"배심원 평결이 잘 나와서 그냥 돌아갈 생각이었습니다. 재판도 유리할 거라고 했으니까요. 하지만 사람이 죽었어요. 이렇게 되면 더 큰 충돌이 일어날 수도 있습니다."

"그건 그렇군요."

"저를 배석시켜 주시면 쑨커와의 담판에 도움이 되어드리겠습니다."

"그 말은 쑨커의 뇌파 분석이 가능하다는 뜻이군요?"

"예, 이미 실험을 마쳤습니다."

거짓말이다. 강토는 쑨커를 직접 본 적이 없기 때문이다. 하지만 어차피 상관없는 일이었다.

"하긴 윌리스와 쑨커의 야합을 알아낸 것도 이 대표였지."

"부탁합니다."

"그렇다면 한번 해봅시다. 어차피 우리도 양하오와 영원한 전쟁을 벌일 생각은 없어요. 일이 이렇게 되었으니 저들도 할 말이 없는 입장일 테고."

부사장은 오 팀장을 호출했다. 마침 강토도 오 팀장에게 부탁 하나를 안겨주었다.

"예?"

오 팀장이 뜨악한 표정을 지었다.

"꼭 필요합니다. 없으면 만들어서라도 오세요."

강토는 두 번 말하지 않았다.

쑨커와 판젠동!

송 부사장과 강토!

넷은 머세드 강변의 레스토랑에서 만났다. 강이 한눈에 보이는 목조풍의 건물이다. 넓은 테라스에는 네 사람이 자리했다.

오 팀장과 중국 의전팀은 입구에서 대기하게 되었다.

"웬일이시오? 반달에서 우리를 다 보자 하고."

쑨커는 단정한 멜빵바지 차림이었다. 그 역시 격식은 가리지 않는 것으로 보였다. 언어는 영어. 강토는 두 귀를 세우고 발음에 집중했다.

"선물에 대한 인사를 드려야 할 것 같아서요."

부사장이 응수했다.

"선물?"

"법원에 배달한 것 말입니다. 아주 짜릿하게 간직하고 있습니다."

"……!"

쑨커의 이마에 굵은 주름이 잡혔다. 불편하다는 표식이다.

"선물을 보내기는 그쪽도 다르지 않을 텐데요?"

쑨커의 시선이 강토에게 꽂혀왔다. 반달전자에 포진한 초능력 한국인. 유대인에게서 보고를 들은 모양이다.

"우린 방어용이었고 그쪽은 살상용이라는 차이가 있지요."

"그건 결과론일 뿐이오."

"그럼 윌리스 일까지 덧붙이리까?"

"일단 이 친구는 물려주시오."

쑨커는 강토에게서 눈을 떼지 않았다. 신경이 쓰이는 모양이다.

"말했잖습니까? 우린 방어만 한다고. 그쪽에서 먼저 위해를 가하지 않는 한."

"아니오. 물려주시오. 나도 수행원을 보내겠소. 어차피 뭐가 됐든 우리 둘이 결정한 문제 아니오?"

쑨커는 완강하게 나왔다. 유대인의 염력을 막아낸 강토. 그게 마음에 걸리는 모양이다.

"제가 부담이 된다면 자리를 피해주겠다고 전해주시죠."

강토는 쑨커의 눈빛을 알아채고 부사장에게 말했다.

"이 대표."

"그전에 이 말을 전해주십시오. 내가 가는 건 상관없다. 나는 이미 쑨커 당신의 비밀을 다 들여다보았다. 그가 양페이 회장의 밀명을 받으며 대작하던 날 필름이 끊기는 블랙아웃으로 회장의 세세한 지시를 다 기억하지 못하고 있는 것까지!"

"……?"

부사장의 통역을 들은 쑨커의 눈이 휘둥그레졌다.

블랙아웃!

그건 사실이었다. 상하이의 본사에서 미국으로 오기 이틀 전이었다. 중차대한 임무를 맡기면서 양페이 회장은 쑨커와 대작했다. 격려를 겸한 일로 둘 사이에도 오랜만의 일이었다.

반달전자의 시장 장악력에 대한 도전, 그동안 설움과 무시 속에서 키워온 양하오의 역량이 빛을 보고 있다는 방증이다. 둘은 창업 멤버였으니 감회가 무량할 뿐이었다.

양페이는 웅담을 꺼내 술에 섞었다. 그건 정말 양페이 회장이 와신상담하던 웅담이었다. 양페이와 쑨커는 고향이 같았다. 둘 다 가난한 농민공을 아버지로 두었다. 처음에는 국산품을 만드는 것 자체가 목표였다. 그걸 이루자 목표를 바꾸었다.

—세계 최고의 대륙 중국!

—우리가 왜 기술 종속 국가가 되어야 하나?

—대륙의 역습!

양페이와 쑨커는 그걸 꿈꾸기 시작했다. 만리장성의 가장 높은 곳이었다.

'기술에서도 중화의 꿈을 이룬다!'

둘은 뜨겁게 손을 잡았다. 그때부터 웅담을 가지고 다녔다. 장벽에 부딪치거나 난제를 만나면 웅담을 빨았다. 반달전자나 애플 등의 비웃음을 받을 때도 웅담을 빨았다.

〈절치부심+와신상담!〉

두 휘호는 양하오 회장실에 나란히 걸린 명언이다. 그 또한 양페이 회장이 자신의 손가락으로 쓴 혈서였다. 그렇게 성장한 양페이. 마침내 애플의 코를 밟았다. 그들에게서 특허료를 받는 수준까지 도달한 것이다.

이제 그들의 창은 반달전자를 겨누었다. 기세를 등에 업고 소송을 벌인 것. 그 벅참과 비장미 때문인지 술도 오르지 않았다.

그렇기에 주량을 오버한 것. 그러나 인간의 주량에는 한계가 있다. 양페이 회장이 주는 술잔을 넙죽넙죽 비워댔지만 그사이에 뇌는 싹뚝 필름을 절단하고 말았다.

그걸 알고 있는 사람은 쑨커 단 한 사람. 신도 모르는 일을 강토가 발설한 것이다.

"당신!"

비밀을 들킨 쑨커는 불쾌감 때문인지 테이블 치며 일어섰다. 강토는 담담하게 주머니를 뒤졌다. 그리고 오 팀장에게 부탁한 그것을 꺼내놓았다. 웅담이다. 그것도 그날 밤 양페이가 술잔에 떼어 넣어주던 딱 그 크기였다.

"……!"

"더는 말하지 않겠습니다. 당신이 절강성의 기공사가 아니라 유대 염력술사 솔라몬을 선택한 게 중국인의 외모가 이목을 끌 것 같아서라든가, 배심원 평결이 불리하게 나오자 솔라몬에게 주기로 한 잔금을 주지 않은 일, 나아가 또 다른 이능력자를 찾고 있다는 것 따위는."

"……!"

쑨커의 눈이 한 번 더 뒤집혔다. 이번에는 쩌적 갈라지는 지진 수준이었다. 강토는 이미 그의 모든 것을 접수하고 있었다. 그가 조금 전에도 웅담을 빨고 왔다는 것까지도.

강토는 가벼운 목례를 남기고 돌아섰다. 카드란 너무 많이 보여주면 장황한 법. 쑨커는 뒷골목의 양아치가 아니니 충분히 알아들었을 것이다.

—그의 음모는 이쪽에서 다 알고 있는 일.

—공론화시키면 양하오의 이미지를 추락시킬 일.

더구나 그는 굉장히 열정적인 사람이었다. 양페이의 오른팔로 세계를 누비며 특허 전쟁을 벌였고, 실제로 능력도 엄청난 사람이었다. 더욱 존경스러운 건 그가 미국으로 건너와 소송을 진두지휘하는 사이에 술 한 모금 입에 대지 않았다는 사실이다. 그 정도 열정을 가진 사람이었으니 합리적인 '합의'를 할 것으로 믿었다.

"대표님!"

강변으로 나오자 문수가 다가왔다.

"경치 좋은데?"

"일은요?"

"나야 거들 뿐이잖아?"

강토가 웃었다. 그런 다음 주머니에서 봉지 하나를 꺼냈다. 테이블에 꺼내놓은 웅담의 찌꺼기가 담겨 있었다. 쑨커의 기억 속에서 본 웅담 크기로 만드느라 잘라낸 조각이다. 그건 정말 양페이가 꺼낸 것과 같았다. 기억의 장면을 세워놓고 똑같이 깎아낸 까닭이다.

쓸개를 본 순간 강토는 사실 섬뜩했다. 양하오의 도약은 우연이 아니었다. 그들은 반달전자를 상대로 소송을 벌일 자격이 있었다. 그건 반달전자의 과거 모습이기도 했다.

반달전자 역시 양하오와 비슷한 길을 걸어왔다. 반달이 처음 국제 무대에 나섰을 때 오늘 날의 반달이 되리라 생각한 사람은 없었다. 그들 앞에 놓인 건 복제품이거나 싸구려의 이미지일 뿐이었다. 하지만 해냈다. 반달 또한 양하오 이상으로 절치부심을 거듭한 것이다.

강토는 부사장에게 그걸 상기시켜 주었다. 둘은 어쩌면 비슷한 길을 걷고 있다. 반달이 조금 먼저 걸어갔을 뿐이다.

그래서 결과를 낙관했다. 같은 공집합을 가지고 있으므로.

와신상담?

쓸개에서 비롯된 고사이다. 사실 무턱대고 외우기만 한 단어이다. 이게 뭐기에 이걸 빨며 내일을 기약한단 말인가? 한 조각을 입에 넣었다.

우물!

우억!

당장 속이 뒤집힐 것만 같았다.

"대표님!"

문수의 얼굴에 걱정이 가득하다.

"괜찮아. 물, 물 좀……."

웅담은 더럽게 썼다. 거짓말 좀 보태면 기절할 정도였다.

"이 대표!"

공항에 나온 송 부사장이 강토를 바라보았다.

"정말 고맙소!"

"별말씀을. 의뢰자를 위해 최선을 다했을 뿐입니다."

"그야 물론이겠지. 하지만 당신은 그 이상을 우리에게 줬어요."

"……."

"정말이지 깜빡하고 있었소이다. 우리도 양하오의 길을 걸어왔다는 사실, 그걸 이 대표가 다시 일깨워 주었소."

"……."

"그게 바로 매너리즘이라는 거 아니겠소? 높은 곳에 도달해 보니 나 자신이 처음부터 높은 곳에 있던 게 아닌가 하는 착각. 개구리가 올챙이 적 일을 잊는 못된……."

"……."

"협상도 만족스럽게 끝났고, 여기 일 마무리되는 대로 들어가면 회장님과 할 말이 많을 것 같소이다."

"적으나마 도움이 되었다니 다행입니다."

"그럼 한국에서 봅시다. 이 대표가 도와줄 일이 많아요."

"예, 부사장님."

강토는 작별의 악수를 나누었다. 그 뒤로도 많은 악수 행렬이 강토의 손을 기다리고 있었다. 은 부장과 법무팀장, 오 팀장과 비앙카도 있었다.

"그럼 편안히 가십시오."

은 부장의 인사를 끝으로 강토 일행은 출국장으로 들어섰다. 검색대 앞에 어린 소년을 데리고 선 금발 여인이 보인다.

'초능력 소년.'

강토는 염력 공연을 하던 소년을 생각했다.

협상!

다른 건 모르지만 하나는 알았다. 양하오 측에서 초능력 소년에게 충분한 보상을 하기로 한 것이다. 그건 강토의 부탁이었다. 부득이한 일로 죽음에 이른 유대인. 강토에게도 책임의 일단이 있는 것 같았기 때문이다. 다행히 쑨커가 그 제안도 받아들였다. 적으나마 강토는 짐을 덜게 되었다.

"실장님, 두 시간 넘게 남았죠?"

면세점 구역에서 덕규가 물었다.

"그런데 왜?"

"쇼핑 좀 하려고요."

덕규가 제법 발음을 꼬며 말했다. 하지만,

"안 돼!"

문수가 일언지하에 잘라 버렸다.

"왜요? 나 우리 엄마 선물 사야 하는데. 세경이 선물도……."

"그거 다 주문해 놨어."

"예?"

"기내 면세품으로 주문해 놨다고."

"실장님이 우리 엄마 취향을 어떻게 알고요?"

"대표님이 시킨 대로 했으니까 불만 있으면 대표님에게 따져."

문수가 강토를 돌아보았다.

"형……."

"방 실장이 그러잖아. 수백만 원짜리 1등석 타면서 공항 면세점에서 50불짜리 면세품 사서 들고 타는 것도 폼 안 난다고. 듣고 보니 맞는 말 같아서 말이야."

"그래서 뭐 샀냐고?"

"명품 립스틱하고 얼굴 주름 제거제 좀 시켜놨는데, 안 돼?"

"으악! 그거 어떻게 알았어? 내 뇌 뒤진 거야?"

"그래. 내가 샅샅이 뒤져서 오더 냈다. 왜?"

"그럼 나 돈 안 내도 되는 거야?"

"오냐. 그러니까 가서 시원한 미국 맥주나 한잔 때리면서 비행기 기다리자. 비행기가 인천에 내리기 무섭게 방 실장이 스케줄 펼쳐놓을 기세다."

"으어억! 그건 맞아. 여기서라도 마음껏 즐기자고요."

덕규는 공항이 떠나가라 환호를 질렀다.

*　　　*　　　*

에어 아메리카 1등석!

다시 봐도 기가 막혔다. 고속버스도 4시간만 타면 진저리가 나는 강토지만 돌아갈 길이 그리 걱정되지 않았다.

"어서 오십시오!"

기장이 입구에서 1등석 승객을 맞이해 주었다. 1등석 타는 맛을 알 것 같았다. 뒤를 이어 명사들이 들어섰다. 한눈에 봐도 거물로 보였다. 마지막은 또 다른 거물이 장식했다.

"환영합니다."

기장은 마지막 승객인 그를 좌석까지 모셨다.

"높은 사람인가 보네?"

강토가 중얼거렸다.

"도노반. 세계 해운업계의 거물입니다."

문수답게 즉석에서 답이 나왔다.

"그런 것도 알고 있어?"

"미국 땅에 오는 거라서 몇몇 주요 인물을 뽑아봤습니다. 유대계의 조니악사(社)와 함께 세계 해운 운송업을 쥐락펴락하는 사람이죠. 그리고 아까 들어오신 거물들……."

문수가 다른 좌석을 가리켰다.

"미국 연방은행 부총재고요, 그 옆은 국무성 차관보네요. 또 그 옆은 아메리칸 쏠라라고 태양에너지 분야의 독보적인 회사의 부사장 패트릭……."

"……!"

세상에, 너는 역시 인간이 아니구나 싶을 때 문수가 노트북 화면을 펴 보였다.

"대기실에서 심심하길래 대기자들 인물 검색을 좀 해봤습니다. 워낙 유명한 사람들이라 그런지 매칭하는 게 그렇게 어렵지 않던데요?"

화면은 정, 재, 관계, 스포츠, 패션, 체육, 과학 등으로 추린 미국 인물 편이었다. 그 사진을 띄워놓고 대조를 한 모양이다.

아무튼 인정!

강토는 두 손을 들었다.

도노반은 수행 비서와 단둘이었다. 둘은 1등석의 첫 번째 자리와 두 번째 자리에 앉았다.

"영광이군요. 세계적인 거물과 같은 비행기에 타다니……."

"저 사람들이 그 정도 인물이야?"

"연방은행, 국무성 차관보, 아메리칸 쏠라… 우리나라 대통령이라고 해도 만나기 쉬운 사람들이 아니죠."

"젠장, 그 정도야? 하지만 우리나라도 해운은 강국이잖아?"

"세계적인 회사가 있다고 믿으시는군요?"

"뭐 한진해운이나 현대상선 같은 곳."

"그 회사들에게 컨테이너선을 빌려주는 회사들입니다."

"그래?"

"도노반의 더월드사(社)는 1만 4,000TEU급 초대형 컨테이너선만 30척 이상 보유할 정도입니다. 1TEU는 길이 6m의 컨테이너 한 개를 이르는 단위죠. 대표님이 말한 우리나라 회사는 단 한 척도 보유하고 있지 않습니다."

"……?"

"어마어마하죠?"

"그런 재벌이 왜 자가용 비행기 같은 거 이용 안 하고?"

"바꾸어 말하면 그렇기 때문에 성공한 거 아닐까요? 사실 유대계 선박으로 더월드와 쌍벽을 이르는 조디악사의 새미 오퍼 회장도 혼자 해외 출장을 다닌다더군요. 비서조차도 없이 말입니다."

"……?"

"그거에 비하면 우리는 너무 사치스럽죠? 하지만 우리는 뭐 반달에서 끊어준 티켓이니……."

"아무튼 세계적인 기업의 총수가 될 만하군."

"대표님도 머잖아 그렇게 될 겁니다. 그런 의미에서 가시면서 이걸……."

문수가 은근슬쩍 서류를 내밀었다.

"그동안 접수된 의뢰?"

"세경 씨가 보내온 자료를 토대로 제가 몇 건 온라인 상담을 했습니다. 잘나갈 때 버셔야죠."

문수가 웃었다. 정말이지 틈이라고는 바늘구멍만큼도 없는 인간이었다.

고오오오!

비행기가 떴다. 뜨는 순간은 약간의 공포감이 일었다. 원래 자리에서의 이탈. 그게 주는 두려움인 모양이다. 비행기가 안전 고도에 이르렀다. 안전벨트 해제 사인이 나왔다.

"실장님, 맥주 한 캔 달래도 되죠?"

벨트를 푼 덕규가 문수에게 물었다

"당연하지."

"맥주하고 와인 말고 다른 건 없나요?"

"왜 없겠어? 양주도 있고 간단한 칵테일도 있지."

"으아, 그럼 난 양주 마실래요. 왕창 마셔서 본전 뽑아야죠."

"본전? 비행기표 산 거 아니잖아?"

"아무튼요."

"원하면 취향대로 시켜."

"예?"

"영어 배운 거 써먹어야지."

"에이, 양주 마시기도 전에 맛 떨어지네. 안 마셔요, 안 마셔!"

빈정이 상한 덕규가 볼멘소리를 했다. 주문은 문수가 맡아주었다. 덕규는 가장 자신만만한 영어로 승무원에게 고마움을 전했다.

"땡큐!"

그때 앞좌석 도노반의 비서가 물을 요청했다. 승무원은 신속하게 물을 서비스해 주었다. 물은 도노반에게 건네졌다. 그게 사고의 시작이었다. 물이 한 잔 더 서비스되는 것과 동시에 도노반이 머리를 잡고 고통을 호소한 것이다.

"으윽!"

도노반의 고통은 폭발적으로 진행되었다.

"팀장님!"

여승무원이 노련한 팀장을 호출했다. 팀장이 달려오고 승무원들이 달려왔다. 한 승무원은 허둥지둥 구급약 상자를 가져왔다.

"기내 방송해요. 혹시 승객 중에 의사가 있는지."

팀장이 승무원에게 숨 가쁘게 지시를 내렸다.

"왜 저러죠?"

덕규가 고개를 빼고 물었다.

"글쎄… 어디가 안 좋은 거 같은데?"

문수 또한 고개를 갸웃거렸다.

방송이 나갔다. 다행히 의사가 있었다. 의사는 승무원과 함께 1등석으로 달려왔다.

"급성 뇌경색 같습니다."

도노반을 살펴본 의사가 파랗게 질린 얼굴로 말했다.

"응급처지가 안 되나요?"

팀장이 물었다.

"여기서는……."

"그럼 어떻게 합니까?"

비서가 다시 물었다.

"자칫하면 사망할 수도 있어요. 빨리 손을 써야 합니다."

"뭐래?"

단어를 다 듣지 못한 강토가 문수를 바라보았다.

"응급 상황이군요. 자칫하면 회항할 것 같습니다. 뇌경색인데 위험하다는데요?"

'뇌경색?'

그 말을 들은 강토가 일어섰다. 문수는 자동으로 뒤를 따랐다.

"Excuse Me!"

강토가 부산한 틈을 비집고 들었다.

"닥터세요?"

팀장이 다급히 물었다.

"아무튼 잠깐요."

강토는 팀장과 의사 틈새를 벌리고 들어섰다. 도노반의 안색은 최악이었다. 일부에서는 마비가 오고 또 일부에서는 경련이 일었다. 생각할 것도 없이 매직 뉴런부터 그의 눈 안으로 밀어 넣었다.

'산개!'

'전진!'

강토는 두 개의 명령어를 넣었다. 뇌 안에서 어떤 일이 일어나는지를 확인해야 했다.

전두엽, 두정엽, 측두엽, 후두엽, 소뇌.

다섯 코스를 돌았다. 분위기가 나빴다. 전체적인 혈류의 흐름도 나빴고 뉴런들도 마구 헤매고 있었다.

'서둘러!'

강토는 매직 뉴런을 몰아쳐 각 곳의 정보를 받아들였다.

"……?"

원인이 전송되어 왔다. 두정엽으로 통하는 혈관에 문제가 있었다. 갑작스러운 스트레스로 혈관이 급격히 수축되어 버린 것. 강토는 그곳으로 매직 뉴런의 시선을 집중시켰다.

장폐색!

의학 화면에서 본 그 장면이 연상되는 장면이다. 장폐색은 장관이 부분적으로 막혀 일어나는 현상을 말한다. 특히 소장이 그렇다. 어린아이들에서는 장 일부가 장관 안으로 말려들어가면서 장이 폐쇄되는 장중첩증이 원인이 되기도 한다. 이는 엄청난 복통을 수반한다.

도노반의 뇌혈관이 그랬다. 느닷없이 좁아진 혈관. 비행기를 회항한다고 해도 목숨을 부지하기 어려운 상황 같았다.

"이봐요, 의사가 아니면 비키세요! 이분은 응급처치가 필요해요!"

의사가 소리쳤다.

"그래서 뭐요? 어떤 응급조치를 하신다고요?"

강토가 묵직하게 돌아보았다. 그 말을 문수가 정확하게 다시 옮겨주었다.

"……!"

의사는 대꾸하지 못했다. 급성 뇌경색, 비행기 안에서 의사라고 한들 뭘 어쩐단 말인가?

"두정엽 아래예요. 거기 혈관이 거의 막혔어요. 이대로 두면 죽습니다."

강토는 다시 도노반을 향했다.

어쩐다?

잠시 방향을 생각했다. 매직 뉴런을 몰아치면, 미친 듯이 몰아치면 혈관에 구멍을 낼 수도 있었다. 하지만 답이 아니었다. 뇌출혈이 일어나면? 그 또한 뇌경색에 못지않을 치명타였다.

스파인과 성상교세포!

강토는 대안을 생각했다.

시냅스의 스파인.

최대로 부풀리면 신호 전달의 효율이 높아진다. 한편, 성상교세포는 화학적 흥분을 일으키는 세포이다. 그 둘을 이용한 충격요법을 떠올렸다. 막힌 뇌혈관의 위아래 부위에 자극을 주어 혈관의 탄력을 살리려는 것. 그리하여 좁아진 혈관이 정상으로 돌아가기를 바라는 것이다.

강토는 매직 뉴런의 활성을 최대한으로 올렸다. 이어 성상교세포들을 주변으로 끌어모았다.

제세동기!

어쩌면 그것과도 같았다. 잠든 심장에 충격을 주어 심장을 깨우는 것.

'제발!'

비원과 함께 강토는 두 아이템의 활성을 최대한으로 끌어올렸다.

'작렬!'

강토는 주먹을 그러쥐며 심연을 향해 외쳤다.

매직 뉴런의 스파인이 확장되는 게 보였다. 수용체들이 터져 나오기 시작했다. 성상교세포 또한 흥분에 흥분을 거듭하며 이온을 뿜어댔다.

파아앗!

그 정점에서 강토가 목표를 겨누었다.

팅!

혈관이 꿈틀거리는 게 보인다.

'한 번 더!'

강토는 사력을 다해 막힌 혈관에 시크릿 메즈를 연타했다.

꿀럭!

도노반의 뇌혈관. 타격 지점의 작은 경련이 위아래로 전달되기 시작했다. 그리고 마침내 심장에서 보낸 혈류가 좁아진 부위를 밀고 올라왔다.

"됐어요!"

땀으로 범벅이 된 강토가 의사를 돌아보았다. 의사는 황급히 도노반을 체크했다.

"……?"

"괜찮나요?"

승무원 팀장이 물었다.

"이거……."

의사는 어안이 벙벙한 얼굴로 고개를 들었다.

"괜찮으냐고요?"

팀장이 거듭 물었다.

"글쎄… 아직은 잘 모르겠지만 아까보다는……."

그 순간, 도노반이 뜨거운 한숨과 함께 눈을 떴다.

"회장님!"

비서가 소리쳤다.

"하아아!"

"괜찮으십니까?"

"잠깐, 잠깐만……."

회장이 이마를 짚으며 숨을 골랐다. 주변 사람들은 일제히 숨을 죽였다.

"괜찮군. 내가 잠깐 지옥을 다녀온 건가? 분명 죽는 줄만 알았는데?"

"저분이 회장님을 살렸습니다."

비서가 강토를 가리켰다.

"닥터요?"

도노반이 물었다.

"한국의 뇌파 전문가입니다."

"뇌파?"

"뇌 속의 막힌 혈관에 강한 뇌파로 자극을 줘서 폐쇄를 막았습니다. 천운이네요."

"와아아!"

강토의 말과 함께 승무원들이 박수를 보냈다. 연방은행 부총재와 차관보, 패트릭 부사장도 그랬다.

"회항해야 할까요?"

팀장은 의사가 아니라 강토에게 물었다.

"그건 여기 닥터와 당사자가 결정할 문제 같습니다."

강토는 의사에게 공을 넘기고 자리로 돌아왔다. 의사는 몇 가지 체크를 더 했다. 도노반은 자리에서 일어나 기내를 걸어 보았다. 그러고는 아무 문제가 없다는 듯 어깨를 으쓱해 보였다.

"그냥 가셔도 될 것 같습니다."

의사는 최대한 빨리 정밀 검사를 받는다는 조건 하에 도노반의 뜻을 받아들였다.

"뇌파 전문가라고 하셨죠?"

도노반이 강토에게 물었다.

"예."

"이름을 물어도 될까요?"

"이강토입니다."

"정말 고맙습니다. 이건 제 비즈니스 카드입니다."

도노반이 명함을 건네주었다. 강토 역시 명함을 꺼내주었다.

"다시 뵙기를 희망합니다."

도노반이 손을 내밀었다. 주검의 문턱에서 돌아오고도 그새 의연해진 도노반. 과연 세계 해운을 주무르는 큰손다운 풍모였다.

"The best!"

처음부터 지켜보던 아메리칸 쏠라의 부사장 패트릭이 자리에서 일어나 엄지를 세워 보였다. 기내 사건의 마무리 또한 반달과 양하오의 합의처럼 개운하게 마감되었다.

"큰일 날 뻔했군요."

상황이 수습되자 문수가 안도의 숨을 내쉬었다.

"그렇지? 자칫하면 사망할 수도 있었으니."

"그것도 그렇지만 시간 말입니다."

"시간?"

"만약 회항했더라면 언제 다시 출발할지 모르거든요. 빠르면 몇 시간이지만 자칫하면 하루가 지날 수도……."

"그만해. 나도 방 실장 똥줄 탈까 봐 최선을 다한 거니까."

"하핫, 농담이고요. 대표님, 진심으로 존경합니다."

"미 투!"

통로 옆 자리의 덕규도 거들고 나섰다.

"그리고 이건 농담인데요, 우리 전략에 하나 더 추가할 메뉴가 생긴 것 같습니다."

"전략?"

"그 왜 옛날 영화 보면 여자 꼬시려고 자작극 많이 하잖습니까?"

"친구를 깡패로 보내놓고 짠 등장해서 구해주고 작업 들어가는 거?"

"맞습니다. 대표님 능력도 가끔 그렇게 써먹으면 좋을 것 같아서요."

"뇌에다 고통을 안겨주고 다가가 고통을 없애주면서?"

"좀 진부하지만 비행기나 기차, 배처럼 제한된 공간에서 하면 효과 만점일 거 같아서요."

"흐음, 굿 아이디어긴 하지만 그러면 방 실장 인간미 없어지는데?"

"제 인간미야 이미 빵점 아닙니까? 황 부실장하고 세경 씨가 그러더라고요."

문수가 덕규를 돌아보았다.

"아, 그건 실장님이 너무 숨 막히게 쪼아대는 데다 하도 완벽해 보이니까 시기심 때문에 그런 거라고요."

"그럼 역할 바꿀까? 황 부실장이 내 업무 맡고……."

"우워어, 나는 능력도 없지만 그렇게 살면 뇌에 지진 나서 제명에 못 죽어요. No, No!"

덕규는 미친 듯이 손사래를 쳤다.

* * *

"대표님!"
공항에 나온 세경이 환영객 줄에서 두 손을 흔들었다.
"어, 우 부실장!"
덕규는 그새 선글라스 모드로 변한 채 거드름을 피웠다.
"얼래? 웬 선글라스?"
세경이 위아래로 훑어보았다.
"공항 빠숀 몰라? 이 정도는 되어야지."
"됐고요, 가서 시동이나 거세요. 주차장 위치는 A26번이에요."
세경은 덕규에게 키를 던져주었다.
"아, 진짜… 한국 오면 개고생이라더니 딱이네."
덕규는 선글라스를 벗고 키를 움켜쥐었다.
"안 가?"
강토가 입국장을 바라보고 있는 문수에게 말했다. 문수의 시선이 거기에 꽂혀 있었기 때문이다.
"안 나오는데요?"
"누구?"
"우리 1등석의 쟁쟁하신 분들요."
"그러네?"
"하긴 어쩌면 환승하거나 따로 나올지도 모르지요."
"신경 끄고 가자고. 아까 보니까 도노반도 상태 괜찮은 것 같고."
강토는 내리면서 작별 악수를 나눈 도노반을 떠올렸다. 안색이 조금 나쁘기는 했지만 큰 문제는 없어 보였다.

부릉!

차가 공항을 등지고 출발했다.

"에이, 갈 때는 막 설레더니 막상 오니까 골치가 지근거리네."

핸들을 잡은 덕규가 구시렁거렸다.

"아주 미국에서 살지 그랬어?"

조수석의 세경이 받아쳤다.

"나도 그러고 싶었지. 그런데 그놈의 잉글리시가 돼야 말이지."

덕규가 울상을 지으며 속도를 높였다.

"세경 씨, 추가 사항 없어?"

뒷좌석에서 문수가 물었다.

"아, 반 검사님에게서 전화 왔었어요. 대표님 언제 오시냐고."

"그래서?"

"오늘 도착할 거라고 전해드렸어요."

"다른 말은?"

듣고 있던 강토가 나섰다.

"그냥 알았다고만 하던데요?"

"방 실장."

"알겠습니다. 스케줄 조정하죠."

강토의 호명이 끝나기가 무섭게 문수가 대답했다.

"어이쿠, 이제 우리 방 실장도 독심술을 한다니까."

강토가 웃었다. 검찰청은 사무실로 가는 도중에 있었다. 그렇기에 인사를 하고 가려는 참이다. 진행 중인 일이 궁금하기도 하고 시간도 아끼려는 판단이다. 그걸 문수가 캐치한 것이다.

"서당 개 3년이면 풍월을 읊는다지 않습니까?"

"엥? 그럼 우리는요?"

운전하던 덕규가 돌아보았다.

"그러네. 우린 개만도 못한 거야?"

세경이도 울상을 지었다.

"농담 그만하고 다른 건?"

문수가 조크를 자르고 들어갔다.

"이런저런 의뢰가 20여 건 더 추가로 들어와서 실장님 메일에 넣어두었고요, 반달전자 회장실 쪽에서 전화 왔었어요. 도착하는 대로 연락 좀 달라고."

"오케이!"

문수가 질문을 마감할 즈음에 검찰청에 닿았다.

"잠깐 기다려."

강토 혼자 내렸다. 차에서 비껴선 강토가 전화를 걸었다.

"형님, 저 이강톱니다!"

반 검사는 20분쯤 후에 나왔다. 며칠 동안 집에 들어가지 못한 듯 몰골이 엉망이었다. 그래도 눈동자만은 사자의 그것처럼 아우라를 내뿜고 있었다.

"이어, 아우님!"

반 검사가 두 팔을 뻗어 강토를 안았다.

"간 일은?"

"잘 마무리되었습니다."

"이야, 역시 아우님이시군."

반 검사는 두 팔로 강토의 어깨를 흔들며 신뢰를 나누었다.

"형님은요?"

"아우님 없으니 고전이지. 원래 배운 것들이 잔머리 대가잖아? 같이 머리 굴리느라 골이 흔들거릴 지경이야."

"미국에서 뉴스는 대충 들었습니다."

"오케이. 나쁜 건 없어. 아우님이 넘겨준 정보로 공찬욱을 확실하게 엮었거든. 공 부장이 깨갱 두 손을 들자 다른 검사들도 연쇄적으로 항복 선언. 기선을 제대로 제압한 덕분이지."

"다행이군요."

"글쎄… 그래봤자 이거 선전포고에 불과한 거 아니야? 전쟁의 서막!"

"선전포고만으로 이기는 전쟁도 많던데요?"

"예를 들면?"

"역사 강좌 듣다 알았는데 스페인의 이씨 왕조가 그렇더라고요. 이웃의 그라나다라는 제국을 삼키러 갔더니 그곳 왕께서 바로 두 손을 들었다면서요?"

"그건 힘과 힘의 논리지만 이건 좀 다르거든."

"제가 도울 일이 있으면 말씀하세요."

"그럼 말 나온 김에 시간 돼?"

"제 차에 주차비 징수하지 않을 거라면요."

강토가 차를 가리켰다.

반 검사가 원한 건 공찬욱이 미국에서 만난 두 아가씨 중의 '한 명'이었다. 모델 지망생을 하다 그만두고 기획사에서 일하는 그녀. 사전에 공찬욱의 지시를 받았는지 호텔에서의 올나잇을 '업무상'이라며 버티고 있었다.

강토는 반 검사와 복도에 도착했다. 유 수사관이 여자를 데리고 나왔다. 복도에서 뭐라고 얘기를 주고받은 유 수사관은 여자를 두어 칸 건너에 자리 잡은 조사실로 데리고 갔다.

—됐나요?

문 앞에서 유 수사관이 강토를 돌아보았다. 강토는 끄덕 고갯짓으로 대답했다. 매직 뉴런이 그녀의 기억을 열어본 후였다.

"아우님!"

반 검사가 고개를 들었다.

"뜻밖의 것이 나왔네요. 저도 피곤하니 금방 끝낼 수 있겠어요."

강토는 씨익 미소를 머금었다.

"강하라 씨!"

참관실에 들어선 강토가 마이크에 대고 말했다. 옆에는 반 검사가 있었다. 두 사람에게는 조사실이 훤히 보였다. 물론 강하라와 유 수사관은 참관실의 풍경을 볼 수 없었다.

"공찬욱 검사와 그날 비즈니스로 만났다고요?"

"예."

여자가 마이크 소리에 따라 대답했다.

"좋습니다. 비즈니스, 호텔에서도 얼마든지 할 수 있죠."

"……."

"아무튼 당시 두 사람은 육체적 접촉이 전혀 없었단 말이군요?"

"당연하죠."

"당신, 미국으로 출국하기 전에 몸이 아프거나 한 곳이 있나요?"

"그런 거 없어요."

"신기하군요. 그런데 왜 당신 몸에 이상이 생겼을까요?"

"……?"

"당신, 호텔에서 나온 후 저녁 비행기로 입국했습니다. 그리고 바로 산부인과로 달려갔죠. 산부인과 이름은 로앤. 간 이유는 질 안의 상처."

"……?"

여자가 팔딱 고개를 드는 게 보인다.

"상처가 난 이유도 말해줄까요?"

"이봐요!"

"공찬욱의 손이었죠. 그의 손톱이 억세고 긴 탓에 당신은 상처를 얻었습니다. 하지만……."

강토는 잠시 말을 멈췄다가 이어갔다.

"당신은 애석하게도 그 아픔을 그때는 몰랐죠. 아, 물론 알았더라도 말할 수는 없었을 겁니다. 당신의 스폰서께서 그에게 절대 복종을 명령했으니까요."

"헛소리! 다 모함이에요! 몇 번을 말해야 알아요?"

여자가 고함과 함께 일어섰다. 유 수사관이 친절하게 그녀를 다시 앉혀주었다.

"모함이 아니고 사실입니다. 오죽하면 당신, 아침에 먼저 일어나 질 안의 상처를 깨닫고 호텔 장식장을 열어 손톱깎이를 찾았을까요? 혹시나 그가 모닝 섹스도 그렇게 할까 걱정되어서……."

"……?"

"아, 기억이 안 나도 좋습니다. 사실 그보다 더 큰 사고가 있으니까요."

"……."

"뭘까요? 사실 당신이 기를 쓰고 진실을 인정하지 않는 이유, 당신이 그런 상처가 나도록 몰랐던 그 이유."

"변호사 불러주세요!"

"힌트를 드리죠."

"……."

"아담!"

"……."

"약한가요? 그럼 도리도리는 어떻습니까?"

"……!"

여자의 목덜미가 경련하는 게 보인다. 책상을 짚은 그녀의 두 팔에도 진동이 퍼졌다.

"마약?"

옆에 있던 반 검사가 강토에게 물었다. 강토는 대답하지 않고 계속 여자를 몰아쳤다.

"당신은 공찬욱을 만나기 전에 1층 로비의 화장실로 들어갔습니다. 거기서 도리도리로 불리는 엑스터시를 복용했죠. 이유는 이해합니다. 아재뻘의 남자와 놀 자신이 없었죠. 그런데 스폰서는 정성을 다해 남자를 홍콩으로 보내라는 주문……. 차마 제정신으로는 아재 품에서 즐거운 척할 수가 없었던 거죠."

"이……."

"아닌가요?"

"닥쳐! 그렇다고 해도 그건 미국에서 일어난 일이야! 한국에서는 마약 따위 먹지 않았단 말이야!"

경련하던 여자의 입에서 절규가 나왔다. 강토의 승리. 여자의 긴 저항이 끝나는 순간이었다.

"난 죄 없어……. 그냥 하룻밤의 원나잇이라기에… 모델이 될 기회도 알아봐 준다기에……."

여자가 무너졌다.

강토는 반석기에게 마이크를 넘겨주었다. 이제부터는 강토의 영역이 아니었다.

"땡큐!"

복도로 따라 나온 반 검사가 반색했다.

"별말씀을……."

"마약은 진짜 대반전인데? 이건 공찬욱에게 올가미 하나를 더 씌울 수 있는 건이야. 20대 딸 같은 여자와 마약 환각 섹스. 이 양반, 이번 공천 노리고 있나 보던데 이건 형량하고 상관없이 무조건 인생 셧아웃이야."

"희소식이군요. 갈게요."

"오케이! 푹 쉬라고!"

반 검사의 밝은 소리가 복도를 울렸다.

"많이들 먹어!"

이 푸근한 목소리의 주인공은 마고 아줌마였다. 아줌마가 가져온 음식은 두부를 큼지막하게 썰어 넣은 돼지 등갈비 김치찌개였다. 맛은 덕규가 죽어나가도 모를 정도였다.

김치가 딱히 그립지는 않았다. 어릴 때부터 캄보디아 음식에 단련된 강토이다. 캄보디아 음식은 태국, 베트남 음식과 유사한 맛. 거기에 중국 맛까지도 깃든 요리였다. 그렇기에 캘리포니아에서도 한국 음식을 따로 찾지 않은 강토이다.

그런데 푹 익은 김치에 잘 익은 등갈비. 입에 넣으면 저절로 살점이 분리될 정도로 고소한 맛이 깃든 김치의 맛은 별 세 개의 미슐렝 레스토랑 요리도 미치지 못할 정도였다.

거기 곁들인 동동주 한잔. 그건 거의 죽음이었다. 음식이 사람을 어디까지 행복하게 만들 수 있는지 그 진수를 보여준 찌개였다.

"더 해다 줄까?"

두 장정이 국물까지 남김없이 해치우자 마고 아줌마가 물었다.

"아뇨. 배 좀 보세요."

강토가 배를 두드려 보였다.

"덕규는?"

"저야 더 먹고 싶지만… 몸매를 생각해서……."

이미 만땅이 된 덕규가 입맛을 다시며 웃었다.

"그럼 푹 쉬어. 듣자 하니 시차가 장난 아니라며?"

아줌마는 서둘러 자리를 비켜주었다.

사이좋게 샤워를 했다. 호텔방에 비하면 백화점과 구멍가게 차이의 목욕 시설. 하지만 호텔의 화려함은 잊은 지 오래였다. 적응력만큼은 국가대표급인 둘이다.

침대도 그랬다. 침대는 예술이라고 말할 것 같던 쿠션의 호텔 침대. 거기에 더한 1등석 좌석의 안락함. 하지만 그보다 더 안락한 곳이 벙커의 간이침대였다.

내 집이 최고지.

자리에 눕자 허공이 눈꺼풀을 눌러왔다. 지구가 다 내려앉는 무게감이었다. 잠이 들었다. 지구가 멸망해도 모를 곤한 잠이었다.

딩동다로롱당당!

전화가 울렸다. 잠결에 전화기를 들었는데 문수였다.

"차 대기 중입니다, 대표님."

"……?"

정중함 속에서 다그쳐 오는 문수의 어법. 대표 체면에 더 늘어져 있을 수 없었다. 시계를 보니 어느새 다음 날 아침이었다. 열 몇 시간을 깨지도 않고 달려 버린 것이다.

"야야, 일어나!"

강토는 덕규의 담요를 걷었다. 그런데 담요 안에 텐트가 쳐져 있다. 아주 작은, 그러나 꼿꼿하게 대들보를 세운 텐트. 덕규의 정기가 가운데로 쏠려 있는 것이다.

"일어나라고!"

들었던 담요를 덕규 얼굴에 던졌다.

"형, 딱 5분만!"

덕규가 담요를 감으며 돌아누웠다.

"마음대로 해. 방 실장 밖에 와 있으니까."

"방 실짱님?"

벌떡!

어찌나 빨리 반응하는지 그 소리가 들릴 정도이다. 야옹! 벙커 창밖에서 고양이 소리가 들렸다. 고양이와 쥐는 천적 사이다. 사람에게도 천적이 있다. 덕규에게는 그게 문수였다.

"아, 실장님은 잠도 안 잡니까? 오늘 같은 날 좀 늦을 수도 있는 거지."

계단을 올라선 덕규가 툴툴거렸다.

"오늘이 뭐 어떤 날인데?"

문수가 되받았다.

"미국에서 큰 건 해치우고 왔잖아요?"

"부실장, 어제 김치찌개 배 터지게 먹었다며?"

"그런… 데요?"

뭔가 불안해지는 시선으로 문수를 바라보는 덕규.

"그럼 오늘은 밥 안 먹을 거야?"

"아, 씨……."

문수 승, 덕규 패.

세경까지 태운 차가 사무실을 향해 출발했다.

제5장
올가미의 올가미

"대표님!"

사무실에 도착하고 조금 후 노트북을 두드린 문수가 출력물 한 장을 내밀었다.

"뭐야?"

"직접 보시죠?"

"……?"

출력물을 보던 강토의 눈빛이 얼어붙었다. 그건 통장 입출금 내역이었다. 반달전자가 그새 50억을 꽂아준 것이다.

푸헐!

"50억… 맞기는 한가?"

"틀림없습니다."

"믿기지 않는군. 돈의 액수도, 이렇게 전격적으로 입금해 준 것도."

몇 번을 보았다. 보아도 보아도 질리지 않는 동그라미였다.

"반달전자 아닙니까? 그쪽에게 50억 정도는 애들 껌 값이죠."

"수고했어."

"아닙니다. 저하고 황 부실장이야 외유 수준이었는걸요."

"됐으니까 스케줄이나 내놔봐."

"오늘은 아직 잡지 않았습니다."

"응?"

강토는 귀를 의심했다. 철두철미한 문수가 스케줄을 안 잡다니?

"대표님 일정이 먼저 나와야 할 것 같아서……."

"그러니까 스케줄 달라는 거 아니야?"

"조금만 기다려 보시죠."

문수가 돌아설 때다. 강토의 전화기가 울렸다. 청와대였다.

"알겠습니다."

통화는 짧았다. 옛날 한국일보 뒤편의 냉면집으로 일찌감치 와달라는 호출이었다.

"방 실장."

전화를 끊은 강토가 문수를 불렀다.

"예, 대표님."

"이 전화, 어딘 줄 알아?"

"대충……."

"여기서 전화 올 줄 알았어?"

"아무래도 그렇지 않겠습니까?"

"그래서 일정을 안 잡은 거로군."

"죄송합니다."

"됐어. 덕규랑 다녀올 테니 밀린 일이나 하고 있도록."

"그래주시면 고맙죠."

문수가 웃었다. 상담이 밀린 까닭이다. 강토는 창으로 가서 밖을 보며 소리쳤다.

"부실장, 내려갈 테니까 차 준비해!"

"오케이지 말입니다."

차를 닦던 덕규가 손을 흔들었다.

"에? 청와대 사람?"

도로에 올라선 덕규가 바짝 긴장한 얼굴로 강토를 바라보았다.

"그 표정은 뭐냐? 잘하면 눈알 빠져나오겠다?"

"그러게. 나 대통령까지 만났는데 아직도 청와대라고 하면 등뼈가 일자로 서니……."

"어머니께 선물은 보냈어?"

"응. 형한테 만수무강하라고 전해달래."

"야, 그런 말은 너무 징그럽다. 완전 노땅 티 나잖아?"

"그런 말 마셔. 우리 엄마, 완전히 형 광신도라고. 아들인 나보다 더 좋아한다니까."

"그래서? 떫으냐?"

"뭐 그런 건 아니지만……."

"밟아라. 늦겠다."

시계를 본 강토가 말했다. 덕규는 가속기를 밟으며 속도를 높였다.

"이쪽입니다!"

냉면집 뒤뜰에 도착하자 육 비서관이 강토를 안내했다. 장철환의 차는 보이지 않았다. 아마 다른 곳에 두고 온 모양이다.

"어서 오시게!"

작은 내실이 열리자 장철환이 강토를 맞았다. 강토는 공손히 마주 인사를 올렸다.

탁!

육 비서관이 문을 닫고 나갔다. 테이블 두 개의 내실에 강토와 장철환 둘만 남았다.

"미국에서의 의뢰는 잘 되었나?"

"덕분에……."

"아직 여독도 안 풀렸을 텐데 이렇게 불러내 미안하네."

"아닙니다. 그렇잖아도 국내 일이 밀린 터라……."

"이거 앞으로 이 대표 보기 어렵겠군."

"별말씀을……."

"그사이에 반 검사 만나서 도움까지 주었다고?"

"예."

"나도 이 대표 도움이 필요해서 불렀다네."

"말씀만 하십시오."

"지난번 출국 전에 한 말 기억하나?"

출국 전의 일.

그렇다면 서별관 회의 건이다. 강토가 잊을 리 없었다.

"당연히 생각하고 있습니다."

"다행히 넷 다 뇌파 체크가 가능하다고 했지?"

"셋은 확실히 가능하고 한 분은 가능성만 확인했습니다."

"75% 확률이라……. 나쁘지 않군."

"제가 할 일은?"

"내일 그 네 잠룡이 서별관에 다시 모이게 될 걸세. 시간 되겠나?"

"비워두겠습니다."

"저번 말처럼 회의가 아니라 검증일세."

검증.

짐작한 일이다.

"원하시는 게 무엇입니까?"

"보시게."

장철환이 오랜 신문 복사본을 내밀었다.

〈대풍쏠라, 대풍해외개발, 대풍조선〉

대풍해외개발, 미치도록 많이 듣던 이름이다. 한때는 강토도 입사를 꿈꾸었던 기업. 하지만 지금은 천문학적인 적자에 허덕이는 골칫덩어리 기업.

"7년 전에 정리했어야 할 기업들이 오늘까지 넘어왔네. 그동안 지원금으로 들어간 돈이 무려 10조에 가까운, 돈 먹는 하마들이지."

"……."

"뿐만 아니라 계열사인 대풍해운에도 8,000억 원. 나라 등골을 빼먹는 골칫덩이가 되었지만 아무도 책임을 인정하지 않고 있다는 말을 했을 걸세."

"예."

"하상택과 전병태, 어성갑과 이해룡……."

"……."

"당시 청와대 경제수석과 금융위원장, 기재부 장관과 국책나라은행장을 역임한 사람들이네. 그들 넷이 서별관에서 대풍의 회생을 결정했고."

"……."

"희생양을 내세워 위기를 넘기자는 게 아니네. 대통령께서는 대풍에 대한 매각 의지가 있었지. 다만 시기가 지나 헐값이 된 데다 정치적 역학 관계 때문에 카드를 꺼내지 못했던 거라네."

'정치적 역학 관계?'

"부끄럽지만 현 대통령께서는 당내 연합에 의해 대통령 후보로 추대되었다네. 즉 대통령의 지분 절반 이상을 전직 대통령

라인이 쥐고 있다는 거지. 임기 초반에는 그들 힘이 강해 공론화에 실패했고, 이제 후반기까지 놓치면 피고름이 터져 국토를 적실 일. 자칫하면 연쇄 도산으로 경제 패닉 상태가 올 수도 있다네."

장철환은 깊은 한숨을 쉬고는 말을 이어갔다.

"대통령께서도 고심하던 차라 내가 고언을 드렸네. 밝고 빛나는 이름으로 역사에 남는 것도 중요하지만 골칫덩이를 정리하는 것도 가치 있는 일이라고."

"……."

"하지만 대통령은 이제 우군이 많지 않으시지. 그런 위상이기에 그 네 사람이 이제 와서 지나간 책임을 떠안을 리는 없다는 생각……."

"……."

"해서 내가 승부수를 던졌네. 그 넷 중에 부실한 대풍에 돈줄을 이어준 주도자가 있을 것이다. 그걸 밝혀 차제에 곪은 부위들을 도려내는 시발점으로 삼아야 한다고 말일세. 만약 그런 게 없이 언론에 발표된 것처럼 합리적인 합의로 도출된 사안이라면 내가 모든 걸 책임지고 사표를 내겠다고."

"……!"

"그랬더니 겨우 수락하셨네. 누구의 책임인지만 확실하게 가려주면 짐을 한번 져보시겠다고."

"그러니까……."

듣고 있던 강토는 그제야 고개를 들고 조용히 말꼬리를 붙여

놓았다.

"대통령에게 잡힌 장 고문님 목을 제가 풀어줘야 하는 거군요?"

"좀 살려주겠나?"

장철환이 웃었다.

"당연히. 잘못되면 제 목도 거기 올려두겠습니다."

"실은 한 사람의 목이 더 걸려 있네."

장철환의 표정이 다시 무거워졌다

'한 사람 더?'

강토의 미간에 궁금증이 실렸다.

"김무혁 최고위원!"

"……?"

"이미 같은 배를 탔으니 공개하는 거네."

"그분은 왜?"

"당을 바르게 이끌 분이시지. 하지만 지난 대선에서는 지분 나누기식 대통령 후보 추대에 반대해 경쟁자들에게 밀린 형국이지. 이번에 자네가 기획한 일로 겨우 숨통이 트이긴 했네만……."

김무혁!

국회 청정 운동을 선언한 사람이다. 그 또한 일찌감치 당 대표를 역임하며 잠룡으로 불리던 인물. 하지만 지난 대선 때 지분 나눠 먹기에서 빠짐으로써 현재는 힘이 많이 빠진 터였다.

"숨통은 틔었지만 아직 멀었네. 그분이 제대로 날아올라야 여당이 제 궤도에 오를 수 있어."

"고문님이 내세우는 분입니까?"

"그 반대네."

장철환이 웃었다.

반대?

강토의 뇌리에 섬광이 스쳐 갔다. 반대라고 말했다. 그렇다면?

"서별관 회의 건이 잘 마무리되면 함께 그분을 만나세. 그분이야말로 벽오동 숲에서 쉬고 있는 봉황이라네."

"예?"

"반 검사 말을 듣자니 둘이서 나를 대붕으로 표현했다고?"

"그건……."

"못난 사람을 그리 높이 봐줘서 고맙네. 하지만 이건 알아야겠지. 대붕일 뿐 봉황은 아니라네."

"고문님."

"기억하시게. 대붕은 결코 봉황이 아니라는 거."

"그럼……?"

"서별관 회의에서 그 네 사람이 불손한 작당을 했거나 혹은 누구 하나가 주도적으로 그런 상황을 만들었다면 그 넷은 정치 생명이 위태롭게 될 걸세. 나아가 그들의 비호 세력 또한 타격을 입겠지."

"……."

"봉황이 숲에서 나오게 되는 계기가 될 걸세."

"……!"

"이제 알겠나? 이 대표가 세 명의 목숨을 쥐고 있다는 거."

"……."

"내가 너무 다그쳤나?"

"아닙니다. 검증은 어떤 식으로 하실 건가요?"

"자네에게 일임하겠네. 원하는 과정이나 절차가 있으면 뭐든 말씀하시게."

일임!

현장 진행 책임감까지 강토에게 떨어졌다. 강토는 가만히 생각에 잠겼다. 머리에 한 가지가 떠올랐다. 과거의 실책. 쓰라린 일이다. 양하오의 회장은 곰쓸개를 빨며 미래를 꿈꿨다. 밤낮으로 대한민국의 미래를 생각한다는 서별관 회의의 4인방. 그들은 쓸개 맛을 알까?

"웅담이나 하나 구해주시면 좋겠습니다."

"웅담?"

"나머지는 그냥 원래 하던 대로 하시면 됩니다. 서별관 회의, 회의록은 없지만 어떻게 열리는지는 알고 계시죠?"

"당연하지."

"그럼 평소처럼, 아니, 그 네 분이 마주하던 그날처럼 해주시면 좋겠습니다. 똑같은 분위기라면 옛날 생각이 좀 더 잘 나지 않을까요?"

"이번 간담회는 경제수석이 당시 상황을 체크하는 형식으로 진행될 걸세. 나는 뒤에서 거들 뿐이고."

"알겠습니다."

"그럼 이 대표만 믿고 가겠네."

"냉면은요?"

"곱빼기로 시켜드리지. 하지만 나는 들어가 봐야 하네. 할 일이 산더미야."

"그러시죠. 잘 먹고 가겠습니다."

강토는 정중한 인사로 장철환을 보냈다.

후르륵!

냉면을 먹었다. 맛났다. 곱빼기로 나온 양도 문제가 없었다. 쪽 빨면 면발이 쪽 빨려들어 왔다.

'면발처럼…….'

강토는 서별관 회의를 생각했다.

쪽 빨아드리지.

네 명의 고관대작이 스쳐 갔다.

당신들이 감추고 있는 비밀을.

하상택—당시 청와대 경제수석비서관. 현 금융위원장.

이해룡—당시 금융위원장. 현 여당 국회의원.

전병태—당시 기재부 장관. 현 야당 의원.

어성갑—당시 국책은행 나라은행장. 현 여당 의원.

회의실의 강토 앞에는 네 명의 사진이 있었다. 벌써 몇 번째 보는 건지도 모른다. 문수가 일찌감치 뽑아준 탓이다. 인상들도 좋았다. 요즘은 남자도 성형을 한다더니 그런 걸까? 이마에 주름 하나 제대로 잡히지 않는다. 하기야 돈 많은 사람들이 몇십만 원 아껴서 뭘 할까? 한 방에 100만 원 하던 보톡스, 이제 고작 술 한잔 값에 불과한 실정이다.

넉 장을 치우자 또 다른 사진들이 나왔다. 새날당의 실세들이다. 은재구와 서철상, 석귀동과 윤건웅 등이 보였다. 김무혁 사진도 물론 끼어 있었다. 그건 강토의 주문이었다.

'봉황!'

장철환의 단어가 스쳐 갔다.

봉황.

대붕과 다른 봉황.

강토는 그 뉘앙스를 알 수 있었다. 봉황은 바로 왕을 상징하는 것. 장철환은 여당의 다음 대선 주자로 김무혁을 찜하고 있다는 의미로 볼 수 있다.

끄덕!

고개를 숙였다. 자신의 영달이 아니라 큰 그림을 그리고 있는 장철환. 어쩐지 아쉬운 마음이 들기는 했지만 그래서 더 멋진 장철환이다.

"방 실장?"

사진을 간추린 강토가 문수를 바라보았다. 문수는 창가에 단정하게 서 있었다.

"이 네 사람, 당내 역학 관계 알아봤어?"

강토는 서별관 회의의 인물 사진을 들어 보였다.

"예, 그쪽은 우리 정 선배가 귀신이니까요."
"어떻게 생각해?"
슬쩍 문수를 떠보았다.
"제 생각에는… 장 고문님이 원하는 건 공식 선전포고인 것 같습니다."
"선전포고?"
"그 네 사람, 나름 라인이 막강한 사람들입니다. 넷 중 하나가 다음 대선에 나온다고도 볼 수 있죠."
'대선 후보…….'
"물론 아직은 파워가 조금 약합니다만 이번 총선에서 공천권을 잘 행사해서 우군을 늘린다면 중량이 달라지죠. 그럼 바로 당내 구도를 장악할 수도 있습니다."
"그래?"
"게다가 그들은 레임덕 현상을 보이는 청와대와 각을 세운 인물들로 치명적인 실책을 찾아낼 수 있다면 정부까지 쥐고 흔들 수 있죠."
문수의 판단은 정확했다.
"정 간사에게서 나온 견해인가?"
"거기 간사들 중에 정치 견해가 해박한 분들이 몇 있거든요. 여기저기 찔러서 도출한 결론입니다. 대표님이 연관된 일이니까요."
"위에서 나를 괘씸죄로 노리는 사람은 없고?"
"이제부터 생기겠죠."

"흐음, 생명보험이라도 들어놔야겠군."

"그전에 진단을 받으시는 게?"

"진단?"

"청와대 다녀오는 길에 병원에 좀 가시죠."

문수가 조심스레 운을 떼었다.

"병원은 왜?"

"미국에서의 일을 생각하면……."

"지금은 괜찮아."

"하지만 미국 의사 말이……."

"그때는 무리해서 그런 거잖아. 알면서 왜 그래?"

"……."

"뭐야? 벌써 스케줄 넣은 일이야?"

"진심으로 걱정되어서 그럽니다."

문수의 표정은 한없이 진지했다.

"설마 예약까지 한 건 아니겠지?"

"……."

"했군."

"예."

"허얼!"

"차영아 박사님 말입니다. 대표님께 꼭 필요한 환자까지 있다길래……."

"뇌 박사 차영아?"

"전에 약속하셨다면서요? 그러니……."

"어쩐지 챙겨주는 척하더라. 결국 일타쌍피로 일하라 이거잖아?"

"어쩌겠습니까? 시간을 쪼개 쓰시는 수밖에."

"푸허얼!"

황당한 강토, 하지만 문수의 손은 이미 나가는 문을 가리키고 있었다. 청와대로 갈 시간이라는 의미이다.

*　　　*　　　*

"방 실장."

도로에 올라선 후 강토가 운을 뗐다.

"말씀하시죠."

운전하던 문수가 대답했다.

"역사도 잘 알지?"

"잘 알지는 못하지만 조금은 압니다."

"그래도 시험 보면 100점?"

"그런 편이긴 했죠."

"지금 가는 데가 청와대잖아?"

"예."

"예전으로 치면 왕궁이지."

"그렇죠."

"나는 말이야, 100점은 몰라도 80~90점은 받았거든. 내 생각에는 한국의 위인 하면 세종과 이순신이 떠오르던데 너무 진부한가?"

"아닙니다. 제대로 알고 계신 겁니다."

"그래?"

"대한민국 역사에서 그 두 분을 빼고는 말할 수가 없죠."

"자료 있어?"

"노트북 보시면 파일이 있습니다. 제 마음대로 정리한 거라 마음에 들지는 모르지만."

"오케이!"

강토는 노트북을 켰다.

"……!"

역시 문수였다. 세종대왕의 통치 스타일, 세종과 장영실, 세종과 한글 등에 대해 정리된 글이었다. 나아가 먼 나라의 왕과 비교한 글도 있었다.

'역시……'

강토는 고개를 끄덕거렸다.

역시 문수였다.

"여깁니다!"

청와대에 도착하자 육 비서관이 서별관 회의실을 보여주었다.

서별관 회의.

실은 무슨 안가인 줄 알았다. 하지만 청와대의 일부로 출입문이 다르다는 것. 서별관은 청와대 출입구와 다른 곳으로도 출입이 가능했다.

"한번 앉아봐도 되나요?"

강토가 빈 의자를 가리켰다. 육 비서관이 직접 의자를 당겨 주었다.

"좋은데요?"

"진행 과정은……."

"그건 제가 물을 말입니다."

"……?"

"저는 그분들 도착할 때 보면 됩니다. 직원들 틈에 끼워주셔도 되고 아니면 여기 출입문 앞에 서 있어도 됩니다."

"자연스럽게 가시겠다는 거군요?"

"예."

"그런데… 이 웅담은 왜?"

육 비서관이 웅담 주머니를 꺼내놓았다.

"구하셨군요. 혹시 쓸 데가 있을지도 몰라서요."

"예."

"언제 도착하시죠?"

"30분 남았습니다."

"제 위치는요?"

"편한 곳를 택하시면 진행 직원들에게 조치하도록 하겠습니다."

"그럼 입구에 서 있겠습니다. 다 높으신 분들이라니 저도 공손히 맞아야죠."

강토의 위치는 그렇게 결정되었다.

30분 후, 거물들이 도착하기 시작했다.

그 첫째는 어성갑이었다. 경제수석비서관이 직접 나와 그들을 맞았다. 장철환과 육 비서관은 보이지 않았다. 강토는 다른 직원들과 함께 입구에 서 있었다. 고마웠다. 한꺼번에 도착해 주지 않아서.

두 번째로 이해룡이 오고 이어 전병태와 하상택도 도착했다.

후우!

오늘따라 긴장되었다. 그래도 하나하나 차분하게 체크를 했다. 그렇다고 서별관 회의와 대풍 건만 체크하지는 않았다.

'실례합니다!'

강토는 넷의 비밀 서랍을 죄다 열었다. 최악의 경우까지 생각한 것이다.

'허얼!'

처음부터 강토는 머리를 저었다.

'으음!'

두 번째는 신음이 나왔다. 세 번째는 분노했고, 마지막 하상택에 이르러서는 허탈했다.

개자식들!

참았던 욕이 목울대까지 밀려 나왔다. 하상택이 강토를 지나가는 것을 끝으로 시크릿 메즈를 마무리했다. 그리고 화장실로 달려가 찬물을 틀어놓고 머리를 집어넣었다. 한참을 그러고 있었다. 겨우 진정이 되며 고개를 들 때 육 비서관이 수건을 건네주었다.

"받아요."

강토가 망설이자 그가 거듭 권했다. 강토가 수건을 받아 막 머리를 닦으려는 순간, 다시 한 번 울컥한 강토는 참지 못하고 화장실의 쓰레기통을 걷어차 버렸다.

"……."

육 비서관은 물끄러미 보고만 있었다.

"죄송합니다."

강토가 말했다. 그의 얼굴에서 물기가 뚝뚝 흘러내렸다.

웅담이 있었지?

주머니를 뒤져 그걸 꺼냈다. 물 묻은 손으로 쥐고 스윽 핥았다. 토악질이 나올 것 같았다. 몇 번 거듭하자 겨우 울분이 가라앉았다. 위장을 학대한 강토. 울분과 토악질을 맞바꾼 것이다.

"혹시 간담회를 제가 볼 수 있나요?"

강토가 육 비서관을 바라보았다.

"가능하기는 합니다만 우리 부서의 일이 아니라서……."

"꼭 필요합니다. 부탁합니다."

강토가 고개를 숙였다.

"허 수석, 사람 말을 왜 이렇게 못 믿어요?"

스피커를 타고 소리가 흘러나왔다. 경제수석팀의 비서관 둘과 장철환이 자리를 잡은 방이다. 대통령에게 보고하기 위해

서별관의 테이블을 녹음하는 장소. 강토가 거기 들어섰다.

"앉게."

장철환이 의자를 권했으나 강토는 고개를 저었다. 그냥 서 있을 작정이다.

"당시 상황이 그랬어요. 그때만 해도 중국이 이토록 약진할 거라고는 아무도 상상 못한 일 아닙니까? 하느님도 몰랐어요. 10여 년 가까이 지난 지금의 잣대로 판단할 일이 아닙니다."

목소리의 주인공은 이해룡이었다. 당시 금융위원장 역.

"누구의 잘잘못을 가리자는 게 아닙니다. 그때의 결정이 어떤 과정을 거쳐 일어났는지 정확히 알아야 국민의 의구심을 풀어주고 대풍의 진로를 모색할 거 아닙니까?"

반격하는 사람은 허 경제수석.

"그러니까 거기에 우리를 왜 끌어들이냔 말입니다. 허 수석도 나중에 이런 대접 받으면 좋겠습니까? 선례를 남기지 맙시다."

이번에는 어성갑이 거들었다.

"어 의원님은 어떻습니까? 당시 과도한 지원 압박이 들어오자 면책권을 요구했다는 후문이 있던데?"

다시 허 경제수석.

"아니, 청와대가 찌라시로 정책을 수행합니까? 후문으로 따지자면 내가 여기서 저 세 분에게 린치를 당했다는 말도 있습니다. 가슴팍 두 대와 조인트를 까였다던가?"

"가슴팍 한 대와 조인트라고 들었습니다만……. 그리고 그건

어 의원님이 선거 때 참모들에게 직접 하신 말씀이라고……."

"누가 그래요? 아무개가 주장하면 다 사실이 되는 겁니까?"

어성갑의 목청이 높아졌다.

"기자에게도 그런 뉘앙스의 말씀을 하신 걸로 나왔습니다만……."

"어허, 그건 그 기자가 오버한 거라고 다시 인터뷰하지 않았습니까? 기자들, 일부 인간들은 자기 멋대로 휘갈기는 거 몰라서 그래요?"

"전 의원님은 어떻습니까?"

허 수석의 목소리가 전병태에게 건너갔다.

"나는 이미 이분들과 가는 길이 다른 사람이오. 나 없이 세 분이 멋대로 지어낼까봐 오긴 왔습니다만 할 말 없습니다. 당시로서는 최선의 결정이었소."

"기재부의 수장으로서 당시의 결정에 대해 책임은 없다?"

"내 신념은 그렇소."

"허 수석!"

침묵하던 하상택이 끼어들었다.

"이런 자리에 우릴 불렀다는 것 자체가 청와대의 저의를 의심케 하는 일입니다. 이 또한 책임 전가가 아니면 뭡니까? 그동안 청와대는 뭘 했는데요? 여태껏 수수방관하다가 이제 일이 터지니까 그 폭탄을 우리에게 떠안기겠다는 겁니까?"

"하 의원님!"

"이거 누구 머리에서 나왔어요? 누가 우리 넷을 죽이려는 겁니까?"

적반하장!

하상택의 목소리도 차츰 높아지고 있었다.

"맞습니다. 대통령 지금 어디에 계십니까? 기왕 이렇게 된 거, 연유라도 물어봐야겠소이다. 우릴 부른 저의가 뭔지."

냉정하게 가세하는 이해룡. 네 사람이 이구동성으로 나오자 밀리는 건 허 경제수석이었다.

그때였다.

서별관 회의실의 문이 열렸다. 그 문으로 들어선 건 강토였다. 강토 뒤로 장철환이 서 있다.

이강토와 장철환.

둘은 거목처럼 문 앞에 버티고 섰다.

예정에 없는 일에 놀란 허 수석이 둘을 바라보았다.

"뭐야?"

흥분한 하상택이 소리를 높였다.

"밖에서 듣자 하니 소리가 커지길래 냉수가 필요하실까 싶어서……."

강토가 생수병을 테이블 위에 올려놓았다.

"장 수석, 당신이야? 당신이 우리를 엿 먹이려고 부른 거야?"

하상택이 생수병을 거칠게 쓸어내렸다. 생수병들이 강토와 장철환의 복부에 맞고 맥없이 떨어졌다. 강토는 그중 하나를 집어 뚜껑을 따고 물을 마셨다.

"지금 무슨 수작을 하고 있는 거야?"

벌떡 일어서며 테이블을 내려치는 하상택. 하지만 눈알을 부라린 흥분은 거기까지였다. 강토의 매직 뉴런이 그의 흥분을 살며시 눌러준 것. 그는 오만상을 하며 자리에 주저앉았다.

"회담 중에 죄송합니다. 실은 허 수석과 상의해 이 자리를 마련한 게 접니다."

"……!"

장철환의 그 한마디에 실내에 얼음장 같은 한기가 서렸다.

"그러니까 당신이 우리를 죽이려고?"

이해룡이 눈을 부라리며 물었다.

"나라를 살리려는 것이죠."

장철환은 눈도 끔뻑하지 않고 되받았다.

"건방진! 능력도 없는 친구가 어머니 잘 만나 여기까지 온 주제에!"

하상택의 입에서 막말이 나왔다.

전 정권의 실세로 군림하던 하상택. 경제를 쥐락펴락하며 청와대의 경제수석을 역임한 그. 이제 금배지로 변신한 그의 눈에는 장철환조차도 시답지 않게 보이는 모양이다.

"능력이 없는 탓에 당시의 고견을 듣고자 네 분을 모신 거 아닙니까?"

장철환이 냉정하게 받아쳤다.

"장철환!"

호통을 치는 테이블 위로 웅담이 놓였다. 강토의 작품이다.

"이건 또 뭐야?"

하상택이 버럭 소리쳤다.
"웅담입니다."
강토가 대답했다.
"뭐야?"
"두 분에게 약이 될 것 같아서요."
강토의 눈은 하상택과 이해룡을 겨누고 있었다.
"이놈 뭐야? 뭐 하는 놈이냐고?"
하상택은 점점 소리를 높였다.
"이름은 이강토. 뇌파 분석 전문가입니다."
강토는 당당하게 명함을 꺼내주었다.
"뇌파? 그럼 지난번 청와대 수석 인사 검증한?"
"알아주셔서 영광입니다."
강토는 꾸벅 인사까지 하며 변죽을 울렸다.
"그러니까 당신, 이제 보니 우리를 조사하려고?"
하상택의 눈빛이 장철환을 겨누었다.
"죄송하지만 짚고 넘어가야 할 일입니다."
"이런 건방진!"
하상택의 옆에서 이해룡이 튀어 올랐다. 그 또한 기세등등하기로는 하상택에 버금갔다.
"정부 입장을 잘 아시는 분들이 왜들 이러십니까? 국민적인 동의를 구하기 위해서는 여러분의 이해와 협조가 필요한 사안입니다."
장철환이 담담하게 받았다.

"이게 이해와 협조를 구하는 태도란 말인가? 어디서 보도 듣도 못한 말 뼈다귀 같은 어린놈을 데려와서 뭐? 우리를 조사하겠다고?"

"예!"

장철환은 또렷하게 대답했다.

"예? 이 사람이 지금 제정신이야? 이 친구가 검사라도 되나? 수사권 있어? 이런 무대뽀 검사가 허용되느냐고? 우리 헌법에 허용되느냐고?"

하상택은 삿대질까지 해가며 몰아쳤다.

"미국에서도 심령 수사나 초능력 검사 기법은 많이 쓰고 있습니다. 진실을 밝힐 수 있다면 큰 문제가 되지 않을 것으로 봅니다만."

장철환은 흔들리지 않았다.

"뭐라?"

"의원님도 청와대 재직 중에 미국의 기법을 많이 추종한 것으로 압니다만."

"이 사람, 제정신이 아니군."

"맞습니다. 제정신 아닙니다!"

그 말을 강토가 받았다.

"뭐라?"

두 의원의 원성이 강토에게 향했다. 현직 수석비서관조차도 무시 모드로 나가는 두 사람. 그랬기에 강토를 바라보는 눈빛은 멸시보다 몇 단계 위로 보였다.

"당연히 제정신이 아니었죠. 저기 당시 국책은행장이시던 어성갑 의원님."

"……!"

강토의 말에 어성갑이 고개를 들었다.

"그날도 두 분의 분위기가 이랬으니까요."

어성갑을 보던 강토가 두 의원에게 시선을 돌렸다. 조금도 주눅 들지 않은 눈빛이다.

피검증자의 앞에 등장하는 일은 꺼리던 강토. 그러나 언제까지나 은막 뒤에 숨을 생각도 없었다. 더구나 이미 알음알음 잘도 새어 나간 강토의 소문. 세상에 비밀이란 없는 것이니 때가 여기라고 판단한 것이다.

"……?"

강토의 목소리에 하상택과 이해룡의 눈빛이 동시에 출렁거렸다.

"바로 여기였지요. 그리고 이 물병, 아, 제품은 다른 거였습니다만."

생수병을 든 강토가 허공에 물을 뿌리며 뒷말을 이었다.

"이 원장님이셨죠? 어성갑 행장에게 생수를 뿌린 게."

"……."

"다음으로 다가가 따귀를 쳤습니다. 그리고… 다음으로 조인트를 콱!"

강토의 발이 허공을 내질렀다.

"모멸감에 발끈하는 행장님에게 하 의원님은 이런 말을 하셨죠? 자리 보존하고 싶으면 시키는 대로 하라고. 보름 후에 10여 석이 걸린 보궐선거 하는 거 모르냐고."

"……!"

"닥치고 대풍을 떠안으라고!"

"……!"

"그리고 이 두 마디를 더 보탰습니다. 나중에라도 당신 책임은 묻지 않겠다!"

강토는 하상택을 바라보며 남은 말을 이었다.

"차기 공천에 당신 이름을 올려주도록 하겠다."

강토의 시선은 거기서 멈췄다. 둘의 시선이 허공에서 충돌했다. 하지만 강토는 눈썹 하나 움직이지 않았다. 이미 그날의 비밀을 완벽하게 재현해 낸 터였다.

"어 의원님, 그날 서울대 병원을 찾았습니다. 특별한 진단은 나오지 않았지만 검사 기록은 남았을 겁니다."

〈증거 있음〉

강토는 그걸 에둘러 말했다.

"끄응!"

전병태의 입에서 신음이 나오자 강토는 그 또한 못을 박아 두었다.

"전 의원님 신음도 그때와 비슷하군요."

전병태는 그날에도 그랬다. 그를 장관 자리에 적극 천거한 건 하상택. 그렇기에 굿이나 보고 떡이나 먹는다는 생각이었다.

각자의 이해관계 때문에 그때의 결정을 '합의'로 입을 맞춘

네 사람. 숨소리조차 내지 않으며 강토를 집중했다.

"푸하하핫!"

정적을 깬 건 하상택의 웃음이었다. 그는 한참을 웃었다. 강토는 그가 웃음을 멈출 때까지 그대로 두었다.

"이 친구, 소설가인가?"

하상택이 눈물을 찔끔거리며 물었다. 괜찮은 연기력이다.

"지금 어디서 감히 유도심문이야? 너 명예훼손이 뭔 줄은 알아?"

웃음의 허리를 잘라낸 하상택이 눈알을 부라렸다.

"기억나지 않는 모양이군요?"

강토는 냉혹할 정도로 담담하게 물었다.

"기억이 아니라 조작이잖아?"

"그럼 별수 없이 그때보다 조금 더 앞으로 가야겠군요. 뇌파를 좀 더 맞춰보겠습니다. 양해를……."

말이 끝나기도 전에 강토는 하상택의 뇌 안에 들어간 매직뉴런을 움직여 짜릿한 전율을 안겨주었다. 하상택은 뜨끔함을 느끼며 미간을 찡그렸다.

"그 이틀 전입니다. 하 의원님, 이 의원님, 여의도의 한 광고 회사에서 두 분 만났죠? 하 의원님 사촌이 운영하는 회사로군요. 물론 업주는 바지사장을 내세워 알짜 광고를 수주받던……. 청와대에 있으면서 일감도 많이 주선해 주셨군요."

"우리가 작당이라도 했다는 건가?"

하상택이 소리쳤다.

"그렇겠죠. 그때까지만 해도 사실 두 분은 좋은 사이가 아니었으니까요."

"……?"

"거기 두 분은 잠깐 자리를 옮겨주시면 고맙겠습니다."

강토가 어 의원과 전 의원을 바라보았다. 직원들이 들어와 둘을 모셔나갔다. 문이 닫히자 강토가 말을 이어갔다.

"서로 프라이버시가 있을 것 같아서 말이죠. 계속하겠습니다. 제 말이 소설이라고 해도 결말은 아셔야죠. 그날 하 수석께서는 처음에 노란 봉투의 서류를 내밀었습니다."

"서류?"

"진한 노랑. 왜 노랑이었을까요? 경고였죠. 자칫하면 퇴장이야 하는……."

"미친……."

"잘 생각해 보시죠. 당시 직속 비서관이던 남상우가 건네준 서류입니다. 그 안에는 무엇이 들어 있었을까요?"

강토의 시선이 이해룡을 겨누었다. 이해룡의 안색이 변하는 게 보인다. 강토는 보았다. 그의 뉴런들이 돌기를 열어 당시의 기억을 상기하는 걸. 그건 강토가 이미 체크한 그 기억이다.

그날 밤의 그 기억.

이해룡을 옭아맨 그 올가미.

* * *

서류.

그건 진단서였다. 그냥 진단서가 아니라 병사용 진단서. 이해룡은 등골이 오싹해지는 걸 느꼈다. 거기 적힌 사람의 이름은 다름 아닌 그의 외아들이었다.

이해룡의 외아들.

그 이름이 적힌 병사용 진단서!

"청와대에 이런저런 비리들이 보고되는 건 알고 계시죠?"

하상택이 입을 열었다. 자기주장을 굽히지 않던 이해룡의 어깨가 흔들리고 있었다.

"그리고……."

하상택이 또 하나의 봉투를 올려놓았다. 이번에는 빨간색 봉투이다.

"금융위 기획조정관 때의 일이더군요."

이번 목소리는 올가미처럼 들렸다. 확실하게 이해룡을 겨누고 있었다.

금융위원회 기획조정관 이해룡.

그는 자타공인 확실한 금융통이었다. 최고의 대학을 나와 행정고시를 패스한 정통 관료. 청와대 경제수석실의 행정관을 시작으로 그는 빛나기 시작했다. 국제은행까지 다녀온 후로 금융위와 금융정보분석원의 주요직을 거쳤다.

당시 그의 능력은 국제은행에서도 알아주던 터라 정권에서도 함부로 요리하지 못했다. 이른바 소신 있는 금융전문가였다.

"그렇죠. 당시만 해도 대한민국 경제정책에 있어 부끄러울 것이 없던 이 의원님."

강토가 운을 뗐다.

"그 고귀한 분을 망친 게 누구일까요?"

강토는 넌지시 하상택을 돌아보았다.

"제가 보기에는 아무래도 그 봉투가 시발점이라고 생각합니다만……."

강토는 매직 뉴런의 기억을 이어갔다. 테이블 위에 놓인 두 개의 봉투. 노랑과 빨강, 두 개의 색깔이 미치도록 대비되고 있었다.

정권은 대풍을 살리고 싶었다. 정확히 말하면 하상택 개인 생각이다. 그러나 상황이 좋지 않았다. 그 첫째가 이해룡이었다. 이미 두어 번 협조 요청 모양새를 취했지만 먹히지 않았다.

"대풍은 매각이 답입니다. 지금이 적기이고요."

이해룡은 완강했다. 그는 금융위에서 만든 자체 평가안을 내놓기도 했다. 대풍이 매각되어야 하는 열세 가지 이유였다.

하상택의 눈에는 보이지 않았다. 그는 이미 대풍 측으로 기울어 있었다. 눈에 뭐가 씌면 호박도 수박이 되는 법. 하상택은 오직 '지원'만을 염두에 두고 있었다.

두 번째 봉투.

그 안에 든 건 첫 번째 봉투의 연장선이었다.

이해룡은 금융위 시절 딱 한 번의 실수를 했다. 아들 때문이다. 아들의 군대 기피증 때문이었다. 해병대 만기 제대를 한 이해룡. 대한민국 남자는 군대를 다녀와야 진짜 남자가 된다는 신념을 갖고 있었지만 자식만은 당하지 못했다.

평소 골골하던 아들이었고, 와이프의 태도도 이해룡에게 압박이었다.

"그런 자리에 있으면서 아들 하나 못 돕는 게 아버지냐?"

아버지냐?

그 말이 이해룡의 마음을 찔러왔다. 해외 근무니 경제정책 입안이니 해서 아들에게 잔정을 주지 못한 이해룡은 별수 없이 아내의 말에 따랐다. 병원장으로 있는 아내 친구의 도움을 받았다. 그게 바로 노란 봉투. 빨간 봉투는 그때 도와준 아내 친구 남편의 회사 관련 서류였다.

아내 친구의 남편.

중견기업을 하다가 날벼락을 맞았다. 중동의 역학 관계에 밀려 수출길이 막히고 자금난에 봉착한 것이다. 견실하던 회사였지만 대출에 기댈 수밖에 없었다. 그게 문제가 되었다. 과도한 대출이 금융의 레이더에 걸렸다. 아내의 친구가 집으로 찾아왔다.

"중동 정세만 풀리면……."

한 번만 봐주세요!

그 말이었다.

"여보!"

아내의 눈이 이해룡에게 돌아왔다.

"우리 애를 구해준 내 친구예요."

아들에게 병역 면제를 안겨준 사람을 외면할 수 없었다.

딱 한 번 재량을 발휘해 빼주었다. 그게 그때까지 이해룡의 단 하나 흠이었다.

그러나 세상에 비밀은 없었다. 그렇게 단 셋이서만 아는 일이었지만 그게 봉투가 되어 이해룡 앞에 디밀어진 것.

하상택이 말했다.

"일을 하시다 보면 소소한 흠이 생길 수도 있지요."

계속 말이 이어졌다.

—나는 이런 거 흠잡을 생각 없습니다.

—하지만 다른 사람들 생각은 좀 다르지요.

마지막 승부수는 이 말이었다.

"사실 우리는 원장님의 연임까지도 생각하고 있었습니다만."

임기 3년의 금융위원장. 대통령이 임명한다. 그러나 한 번 더 연임이 가능한 일. 하상택은 이해룡을 채찍과 당근으로 몰아세웠다.

대미는 흰색 봉투였다. 평화와 안전, 휴식을 의미하는 색. 그 안의 내용은 북한이었다.

당시 북한의 무차별 해킹이 일어났다. 청와대는 각 부처에 실태 보고를 지시했다. 금융위는 피해가 없다고 보고했다. 하지만 국정원의 보고는 달랐다. 금융위가 해킹당했다는 정보를 잡았다는 것. 이 또한 이해룡의 발목을 잡을 수 있는 흠이었다.

"이 보고도 소각할 예정입니다만."

삼각 창날이 이해룡을 압박해 왔다.

—아들의 병역 비리!

—그 자신의 예전 직무상 비리!

—금융위의 허위 보고 책임!

이해룡은 손을 들 수밖에 없었다. 혈세 먹는 기업 대풍의 매각이 물 건너가는 순간이었다. 원래 이들 4인방의 역학 관계는 대략 1 : 1 : 1 : 1이었다. 워낙 내부적으로 곪아터진 기업. 더구나 세계 시장까지 휘청거리던 때라 특단의 조치를 내려야 했다.

하지만 이해룡이 하상택 편이 되면서 판세는 3 대 1이 되었다. 판도를 바꾼 하상택은 기세를 등에 업고 어성갑을 몰아붙였다.

—시키는 대로 해.

—아니면 옷 벗어.

—너 아니어도 그 자리에서 딸랑거릴 사람은 많아.

그 짐은 이해룡에게 떠넘겼다. 그리고 따귀와 조인트로 나타났다. 어성갑 역시 국책은행에서 잔뼈가 굵은 사람. 신념은 있었지만 더 나대다간 이런저런 괘씸죄로 교도소에 갈 수도 있었다. 코에 걸면 코걸이요 귀에 걸면 귀걸이인 법이 아닌가?

그게 진실이었다.

수완과 음모를 바탕으로 자신의 뜻을 관철시킨 경제수석 하상택. 정권이 책임질 일을 비켜간 것이다. 응급수술이 필요한 환자에게 대량의 진통제를 놓아 얼렁뚱땅 넘긴 것이다.

"어이가 없군. 이 의원, 뭐라고 말 좀 해보시오. 나는 이 유치찬란한 공작에 차마 할 말이 없소이다."

하상택은 실소를 뿜었다. 이해룡은 입을 열지 않았다. 하얀 낯빛으로 잔뜩 굳어 있을 뿐이다.

"조금 유치하기는 하지요. 어쩌면 의원님이 그 관련 서류들을 넣어둔 곳처럼."

"뭐라?"

"이사벨라 세종대왕!"

"……!"

여전히 기세를 올리던 하상택의 입가에서 미소가 사라졌다. 이사벨라 세종대왕. 그게 무엇이기에?

"그전에 소설을 마무리해야겠습니다. 너무 반전 없이 왔더니 밋밋한 것 같아서……."

강토는 두어 걸음을 나갔다가 다시 제자리로 돌아왔다. 이해룡에게 올가미를 씌운 하상택. 이제 그가 올가미를 쓸 차례였다.

"이 의원님!"

시선은 이해룡 쪽이었다.

"궁금하지 않으십니까? 하 의원님께서 당시 그 정보를 어떻게 빼냈는지?"

"이 새끼, 너 지금 뭐 하는 짓이야?"

얼굴을 구기고 있던 하상택이 발끈하며 소리쳤다.

"궁금하시죠?"

"크흠, 큼!"

이해룡은 헛기침으로 대답했다.

"당신을 만나기 직전 하 의원님은 한 사람을 만나고 왔습니다."

"……?"

"그리고 거기서 이렇게 말했죠. 지금 이해룡 금융위원장이 코너에 몰렸다. 대검에서 정식 수사가 들어갈 것 같은데 아는 대로 비리를 말해 달라. 알아야 내가 막을 수 있다. 그냥 두면 우리 정부가 다 골치 아프게 되어 대통령께서 나를 보냈다. 시간 없다."

"……?"

"숨 쉴 틈도 없이 몰아쳤지요. 어딘가로 전화를 걸려 하자 이미 검찰에서 도청을 하고 있으니 끊으라는 말과 함께. 어쩌면 보이스피싱 기법에서 배운 건지도 모르겠습니다."

"닥쳐!"

옆자리의 하상택의 목청이 찢어졌다. 강토는 개의치 않고 설명을 이어갔다.

"그날 밤, 의원님은 가까운 누군가에게 그런 질문을 받았습니다. 검찰에서 금융위원장 전화도 도청할 수 있느냐고?"

"……!"

"기억나시죠?"

"이런 개자식, 이제 보니 심장 약한 내 와이프를 등쳐서?"

잠잠하던 이해룡이 튀어 올랐다.

"그분의 이름은 장혜은."

말이 끝나기도 전에 이해룡이 하상택에게 달려들었다.

"그랬어? 네놈이 내 집사람을 협박해서 내 비밀을 빼낸 거냐고?"

이해룡이 하상택의 멱살을 흔들며 절규했다.

"이봐요, 이 의원!"

"닥쳐! 어쩐지 집사람, 뭔가 비밀이 있는 것 같은 눈치더라니……."

"이건 모함… 억!"

죽통을 얻어맞은 하상택이 얼굴을 감싸며 물러섰다. 가관이었다. 발끈한 하상택이 장철환에게 달려들었다. 장철환의 뒤에 버티고 있던 육 비서관이 몸을 날렸다. 하상택은 쾌속 업어치기에 날아갔다. 이때 안 일이지만 육 비서관은 유도 고단자 출신이었다.

콰당탕!

"으억!"

하상택이 비명을 지르며 나뒹굴었다.

장철환의 지시로 이해룡은 다른 방으로 옮겨졌다. 회의실에는 강토와 장철활, 하상택, 육 비서관과 경제수석이 남았다.

"소설은 끝났으니 이사벨라 세종대왕으로 가겠습니다."

"으……."

하상택은 허리를 만지며 독기를 뿜었다.

"목소리를 부탁드립니다. 이사벨라 세종대왕."

강토가 녹음기를 디밀었다.

"닥쳐!"

"또 다른 소설을 원하시나요?"

"뭐야?"

"조금 더 옛날 소설도 쓸 수 있습니다. 미국에서 유학할 때의 이야기. 그때 그 논문에도 재미난 사연이 숨어 있더군요. 오래된 일이고 유사한 일이 많은 분이라 기억하실지 모르지만."

"……."

"이사벨라 세종대왕!"

강토는 단호한 눈빛으로 하상택을 압박했다.

"네놈이 그것도 안단 말인가?"

"말해드려요?"

"……."

"당신 금고 안의 금고, 이중 장치를 한 금고의 비번이지요. 이중 칸은 특별한 센서라서 당신 성음으로만 열리더군요. 공간은 책 여섯 권을 펴서 세울 정도? 하지만 당신만의 시크릿이 들어 있죠. 주로 청와대 근무할 때 모은 다른 사람의 비리."

"……."

"그걸로 은재구 의원의 마음을 샀군요. 단숨에 그 계파의 2인자 자리도 꿰찼고."

"이, 이……."

"비번의 왕들은 당신이 이런저런 자리에서 많이 써먹는 위인들이죠. 비슷한 시대에 동서양에서 혜안을 빛낸 두 분의 통치자."

"……."

"하지만 의원님은 아무래도 이사벨라 쪽이었나 봅니다. 오랜 외국 유학 때문일까요? 어쨌든 그게 비극이었습니다. 이사벨라 여왕은 세종대왕에 버금가는 혜안을 가지고 있었지만 애민정신을 남기지 못했죠. 그 결과 여왕이 죽은 후에 스페인은 아메리카 신대륙으로 들어가 무자비한 살상과 노예 시대를……."

"……."

"그 대가로 당신은 돈을 받지 않았군요."

돈은 오가지 않았다.

그렇다면 정치적 신념이었던 걸까? 우리나라 법에서는 정책 결정에 대한 과오는 법의 심판 대상으로 삼지 않고 있다. 그럼 하상택은 현 정권에 어마어마한 부담을 떠안겼지만 그 자체는 무죄?

물론 그건 아니었다.

"대신 대풍에서 소장하고 있던 그림을 받았지요. 총 8점으로 당시 가격이 40억 원 상당. 하지만 두 점은 아까 그분들에게 인심 쓰고. 물론 제일 싼 것들이고… 나머지는 동생 분의 출판사 옥상 보관실에 두셨군요."

"읫!"

벌떡 일어서려는 하상택을 육 비서가 주저앉혔다.

"이 웅담……."

강토는 바닥에 구르고 있는 쓸개를 집어 들었다. 소란 중에 떨어진 모양이다.

"아까 그런 말씀을 하시더군요. 그때는 중국이 이토록 약진할 줄 몰랐다고. 정말 그랬을까요? 앉은 자리가 청와대라면 분명 중국이 약진하고 있다는 보고를 받았을 텐데요?"

"……."

"실은 이건 제가 중국과의 분쟁을 하나 의뢰 받았는데 감동을 받아서 챙겨온 겁니다. 혹시 기회가 되면 그 말씀을 드릴 수 있을까 해서요. 그런데 이렇게 써먹게 되네요."

"……."

"중국의 한 기업의 총수께서는 한국 기술을 넘어서려고 이걸 씹어가면서 기술 축적을 했더군요. 그 결과 이제 한국은 그들 사정권 안에 확실하게 들어갔습니다."

"……."

"그사이에 당신과 대풍의 총수는 뭘 씹고 있었을까요?"

"……."

"제 역할은 여기까지입니다. 긴 소설 들어주셔서 고맙습니다."

강토는 정중하게 인사를 하고 물러섰다. 배턴은 장철환에게 넘겼다. 뒷정리가 중요하기에 상호 인사도 하지 않았다.

이사벨라 세종대왕!

장철환은 그 성음 비밀번호를 받지 않을 것이다. 그가 감춘 기밀을 이쪽에서 알고 있다는 것만으로도 충분했다. 장철환은 강토가 밝힌 담보로 원하는 걸 받으면 될 일이다.

청와대 경내를 나왔다. 벌써 세 번째. 그 세 번이 다 뒤끝이 좋지 않았다. 오죽하면 하상택의 이중 금고 비밀번호도 그랬다. 왜 이사벨라와 세종대왕이란 말인가? 그가 진정 이 나라의 정권 핵심이었다면 최소한 세종대왕 이사벨라여야 옳았다. 주체성도 없는 인간을 정부의 요직에 앉힌 결과는 곰쓸개보다도 썼다. 그렇게 날아간 돈은 천문학적이기 때문이다.

"대표님!"

주차장으로 가자 문수가 캔맥주를 내밀었다.

"웬 거야?"

"황 부실장 말이 이거 주시면 좋아할 거라고……."

"땡큐! 조금 늦었지?"

"고단해 보이십니다."

"커밍아웃해 버렸거든."

"커밍아웃?"

"베일 뒤에 있다가 피검증자들 앞으로 나섰어. 뇌파에 여러 제약도 있는 데다 내가 무슨 죄인도 아니고……."

"……."

"미숙한 처신이었나?"

"아닙니다. 대표님 말씀이 맞습니다."

"고마워."

"그로 인해 예상되는 문제들은 제가 분석해서 대처하겠습니다. 어쩌면 예산이 좀 들지도 모르겠군요."

"그건 알아서 해."

"늦으시기에 차 박사님께 양해 구해두었습니다. 한 30분 전천히 마음 가라앉히셔도 됩니다."

"그것도 땡큐!"

뽁!

캔 뚜껑을 열었다. 그리고 3분의 2가량을 단숨에 마셔 버렸다. 칼칼하던 마음이 조금 뚫리는 것 같았다.

제6장

가난한 미소가 따뜻하리니

"자료 고마웠어."
병원이 가까워지자 강토가 말했다.
"역사 자료요?"
"그래."
"세종대왕을 써먹으셨나요? 아니면 이순신 장군?"
"이 씨 두 명을 써먹었지."
"이 씨라고요?"
문수가 돌아보았다.
"이사벨라 여왕도 이 씨 아니야?"
"아!"
문수가 웃었다.

"그런데 묘하게도 하상택 의원 머리에도 그게 들어 있더라고."

"그래도 일국의 경제수석비서관 아닙니까? 좋은 대학으로 유학까지 다녀왔으니 저보다 차원이 높을 겁니다."

"높긴 했어."

"그렇죠?"

"구린 차원!"

"……?"

"그 자식 말이야, 금고 이중 장치로 음성 비번을 쓰고 있는데 이사벨라를 앞에 세웠더라고."

"그래요?"

"생각 같아서는 확……."

뒷말은 뱉지 못했다.

강토는 진심으로 부글거리고 있었다. 진심으로 하상택의 뇌에 핵폭발을 안겨주고 싶었다. 매직 뉴런을 곳곳에 풀어놓고 온갖 신경 전달 물질을 확!

코르티솔로 스트레스 대폭발, 편도체를 아작 내 멍청함 선물, 시상하부를 건드려 위아래 구분 못하는 똘아이, 모노아민을 선물해 우울증까지…….

하지만 그냥 돌아설 수밖에 없었다. 장철환에게 '하상택'이라는 자연인이 필요하기 때문이다.

"은재구는 언제 귀국하지?"

강토가 물었다.

"사흘 후로 잡혀 있던데 오더를 낸 석귀동 의원이 수사 대상에 올랐으니 추이를 지켜보셔도 될 듯합니다."

"그러기에는 여기저기 걸린 데가 많아. 귀국하면 0순위로 작업해야겠어. 기억해 둬."

"알겠습니다."

은재구!

하상택의 뇌 속에도 그가 있었다. 노중권과 석귀동에 이어 또다시 연결고리. 더구나 하상택의 보스라면 더욱더 체크를 해야 할 판이다.

끼익!

골몰해 있는 사이에 차가 병원 주차장에 멈췄다. 문수가 생수병을 내밀었다.

"술 깨라고?"

"아뇨. 숙녀를 만나시는 일이니 구취 예방."

문수가 찡긋 윙크를 날렸다.

차영아 박사.

의사로서 강토를 맞이한 그녀는 전과 달랐다.

포스가 우러났다. 하얀 가운을 차려입은 그녀는 더 이상 추문에 휩쓸린 골드 미스가 아니었다. 한 사람의 완전한 전문가일 뿐.

"바쁘실 텐데 정말 고마워요."

차영아는 진심으로 반색했다.

MRI부터 찍었다. 결과도 고속으로 나왔다. 차영아가 직권으로 특급 오더를 낸 모양이다.

"와우!"

판독 화면을 본 차영아가 환호부터 내질렀다.

"왜요?"

"섹시해서요. 과연 뇌색남인데요?"

"……."

"정말이에요. 뇌가 활성화된 것 같잖아요. 어쩐지 비긴 것 같은 생각이 드는데요?"

"뭘 비겨요?"

"저번 제 사건 말이에요. 제 치부를 보여준 셈이었는데 저도 이제 이 대표님 뇌를 적나라하게 들여다보게 되었으니……."

"……."

"미국에서 검사를 받으셨다고요?"

"예."

"스트레스 받으셨나? 전두엽 쪽에 작은 흔적이 보이네요."

"흔적이라고요?"

"뭐 종양이나 정맥류 같은 건 아니고… 큰 유의 사항은 아닌 거 같아요."

"……."

"걱정되시면 몇 달 후에 다시 한 번 오시면……."

"아, 아닙니다. 우리 방 실장이 공연히……."

"실은 제가 실장님에게 통사정을 드린 일이에요."

"예?"

"저번에 대표님이 사무실에서 저한테 쓴 매직 있잖아요. 마법."

"아, 네."

"죄송하지만 우리 환자에게 한 번만 안 될까요?"

"환자라고요?"

"뇌 질환 때문에 고통받는 분들이 많지만 이분은 정말 딱해서요. 무엇보다 가족들이 너무 따뜻하고 정겨운 분들이라 제가 주제넘게……."

"……."

"이 대표님 얘기드리고 찾아가 뵈라고 했는데… 돈이 없대요. 그래서 차마 찾아가지 못했다고……."

"……."

"오늘 대표님이 오신다니까 이걸 건네주면서 부탁 좀 드려달라고……."

차영아가 내민 건 보험 계약서였다. 모두 넉 장이다.

"이걸 왜?"

"그걸 다 해약하면 800만 원쯤 된대요. 그걸로 된다고 하면 해약해서 가져오겠다고."

"……."

"죄송해요. 제 환자 보호자 분이 생활이 좀 어려워요. 원래는 그렇지 않았는데 10년 가까이 아버지 병수발 드느라."

10년!

까마득한 시간이다. 삼 년 병수발도 어렵다는데 10년이라니…….

"일단 만나보죠."

"정말이세요?"

강토의 반수락이 떨어지자 차영아가 자기 일처럼 좋아했다.

"이 병원에 계시죠?"

"그럼요. 제가 당장 오라고 할게요. 지금 병동에 있거든요. 실은… 그 환자가 곧 운명할 상태라서……."

"……!"

운명할 상태.

"여보세요."

그 말에 차영아의 목소리가 아련하게 섞여들었다.

똑똑!

이내 보호자가 왔다. 세 명이다. 부부와 여중생. 남자는 30대 후반이나 40대 초로 보였다. 수척하지만 선량한 이미지의 얼굴이다.

"이분이 제가 말씀드린 그분이세요. 뇌파의 최고 권위자시죠."

차영아가 강토를 소개했다.

꾸벅!

가족은 말없이 허리를 숙였다. 그런 다음 차영아를 바라보았다.

"아마 해주실 거 같아요. 직접 말씀드려 보세요."

차영아가 남자의 등을 밀었다.

"아름아."

남자는 딸을 내세웠다. 결국 딸이 강토 앞에 섰다.

"선생님, 도와주세요!"

딸은 닭똥 같은 눈물부터 쏟아냈다.

"……!"

"우리 할아버지 정말 멋진 분이신데 너무 고생을 많이 하셨어요."

"……."

"다른 건 아무것도 필요 없어요. 고통으로 일그러진 우리 할아버지, 마지막 가는 길에 한 번만이라도 고통 없이 웃게 해드리고 싶어요."

"……."

"허락하시면 아빠가 이거 해약해서 바로 돈을 마련해 올 거예요."

딸이 계약서 넉 장을 들어 보였다. 강토는 그걸 받아 들었다.

"부족하면 제가 알바를 해서라도 꼭 갚을게요. 부탁드려요."

마음이 오롯이 모인 입술과 눈물, 그냥 하는 말이 아니었다.

"마지막 가는 길에 한 번만 웃게 해달라고?"

"네."

"일단 가보자."

강토는 딸을 앞세웠다. 복도에 서 있던 문수도 자연스럽게 합류했다. 딸과 강토, 그 뒤로 문수와 차영아, 그리고 부부가 차례로 걸었다.

병실은 4인실이었다. 문을 열기 무섭게 죽음의 냄새가 끼쳐왔다. 환자는 셋. 그러나 그들에게서 산 사람의 활기는 거의 찾아볼 수 없었다.

임종 직전의 환자 병실.

침대가 하나 빈 것은 오늘 아침이나 어젯밤에 죽어나갔다는 뜻일 수도 있다.

"하아!"

딸이 말한 할아버지의 얼굴은 고통으로 일그러져 있었다. 낮은 숨소리조차 쥐어짜내는 고통에 다름 아니었다. 패치와 마약성 진통제로도 제어되지 않는 고통. 그 옆에는 할아버지가 건강할 때 찍은 환한 미소의 사진이 붙어 있었다.

딸, 그러니까 손녀를 목에 태운 사진이다. 참 인자해 보였다. 자식을 위해, 손녀를 위해 뭐든지 해줄 것 같은 자애로운 미소.

"제가 도와드릴 일은요?"

차영아가 조용히 물었다. 강토는 고개를 저어 보이고는 할아버지 앞으로 다가섰다. 뜬 건지 감은 건지 분간이 안 되는 눈. 그 위의 이마를 손으로 짚었다.

고통!

그 고통의 근원을 향해 매직 뉴런을 조심스럽게 밀어 넣었다.

"……!"

강토의 첫 느낌은 참혹이었다.

뇌 안의 상태가 그랬다. 전두엽을 시작으로 두정엽, 후두엽까지 멀쩡한 곳이라곤 없었다. 뭔가 난폭한 힘이 뇌 주름을 쥐었다가 놓은 것만 같았다. 그 압력에 뇌 속이 녹아내린 느낌이다. 이런 사람도 기억을 가지고 있을까?

해마부터 시작했다.

"……!"

거기서 또 한 번 무너지는 강토. 해마는 완전한 초토화였다. 해마의 외부가 처참할 정도였다. 단기 기억의 서랍은 황폐화라는 말로 대신해야 했다. 그래도 포기하지 않고 몇 개의 서랍을 뒤져보았다. 구겨진 얼굴이 보인다.

손녀와 아들이 있다.

병상의 노인을 돌보는 둘의 기억, 조금 일그러지기는 했지만 알 수 있었다. 어쩌면 할아버지는 이 기억을 필사적으로 간직했던 걸까?

막히고 무너진 뇌 속 샛길을 따라 매직 뉴런을 진격시켰다. 쉽지 않았다. 할아버지의 뉴런은 손을 내밀 힘이 없었다. 그들의 스파인은 반응하지 않는 게 대부분이었고, 이온의 자극에도 움직이지 않았다. 주변 뉴런에서 에너지를 짜냈다. 그것들을 이용해 스파인을 조금씩 키우며 전진해 나갔다. 흡사 다리 끊긴 저편에 공병대를 투입해 다리를 놓아가며 전진하는 꼴이다.

'후우!'

조심스러웠다. 대뇌피질까지의 진격도 진격이지만 자칫 자극을 잘못 조절하면 할아버지의 목숨이 영영 끊길 수 있기 때문이다.

늘 순식간에 도착하던 대뇌피질. 오늘은 마치 걸어서 부산까지 가는 듯했다. 그나마 속도는 조금씩 나아졌다. 매직 뉴런들이 다리(?) 놓는 일에 익숙해지는 탓이다.

'보인다!'

마침내 대뇌피질이 시야에 들어왔다.

"……!"

거기서 잠시 숨을 골랐다. 할아버지가 움찔 온몸으로 고통을 튕겨낸 까닭이다.

'어디 보자.'

겨우 장기 기억 안으로 들어선 강토는 역시 엉망이 된 기억의 서랍들을 하나하나 열어보기 시작했다.

아들의 기억이 나왔다.

아들이 지금의 손녀만 하던 시절이다.

일찍 아내를 잃은 할아버지는 아들을 성심껏 길렀다. 기억 속에서 아들은 학부모 앞에 무릎을 꿇고 있었다. 할아버지가 나서서 아들을 세우고 대신 꿇었다.

"제 잘못입니다!"

할아버지는 대역죄인처럼 고개를 조아렸다. 학부모는 위세를 뿜으며 일장 훈계를 퍼부었다.

"애 인생이 불쌍해서 봐주는 줄 알아요!"

학부모는 그 말을 남기고 떠났다.

"아버지……."

아들이 할아버지를 부축했다. 할아버지는 아들을 안았다.

"제 잘못이 아니에요. 저는 그냥 친구들이 싸우는 걸 말렸는데 맞은 애가 저도 같이 때렸다고 말하는 바람에……."

"그런데 왜 무릎을 꿇고 있었느냐?"

"저 아줌마가 부모님 데려오라기에……."

"아빠에게 말했어야지."

"아줌마가 다른 애들 부모님도 다 꿇렸어요. 아빠가 오면 아빠도 분명 저를 위해 꿇으실 것 같아서……."

"그래서 대신 꿇었느냐? 아빠를 위해서?"

"……."

"그래서 아빠가 온 거다. 내 아들이 잘못도 없이 무릎을 꿇게 할 수 없어서."

"하지만 아빠가 꿇었잖아요."

"아빠는 늙어서 이 정도 모멸은 참을 수 있단다. 하지만 우리 아들은 이제 막 자라는 나무라서 상처를 안으면 안 돼. 그럼 바르게 자라는 데 장애가 되거든."

"아빠!"

"그래도 고맙구나. 우리 아들, 아빠를 생각해 줘서."

"아빠!"

아빠…….

아들의 눈물과 함께 기억이 흐려졌다. 나머지는 투병 중에

잘려 나간 모양이다. 다른 기억을 몇 개 더 살려냈다. 몇 개의 비교적 생생한 기억은 비슷한 장르였다. 아들에 대한 신뢰와 아들에 대한 사랑, 그리고 아들을 위한 희생.

'젠장!'

더 볼 수 없어 매직 뉴런의 방향을 틀었다. 어린 소녀를 앞세우고 온 주제에 눈물이나 짜고 있으면 체면이 말이 아닐 일이다.

'하아!'

숨을 돌리며 호르몬 하나를 생각해 냈다.

〈세로토닌!〉

〈베타 엔도르핀!〉

세로토닌은 행복의 씨앗으로 불린다. 나아가 베타 엔도르핀은 뇌 분비 호르몬 가운데 가장 긍정적이라고 알려진 물질.

'일단…….'

뇌 전반을 장악한 고통의 물질부터 감소시켰다. 여기저기 홍수가 난 고통의 물질. 혼신을 다해 막아낸 강토는 그것들이 주춤하는 사이에 할아버지의 뇌 에너지를 집중시켜 세로토닌과 베타 엔도르핀을 자극해 냈다.

'분비!'

단 한 번의 명령이면 원하는 양을 쏟아내던 매직 뉴런이 반응하지 않았다.

—다시 한 번!

—또다시 한 번!

세 번을 거듭해도 실패였다. 할아버지의 뇌에서 바닥이 난 걸까? 염원은 마지막으로 시도한 시크릿 메즈에서야 겨우 통했다. 잠시 휴지기를 지나 매직 뉴런을 활성화시키자 어렵사리 반응이 일어난 것이다. 몰아치는 것만이 능사는 아닌 것이다.

'후우!'

강토는 소리도 없이 숨을 고르며 할아버지를 바라보았다. 기절한 사람이라도 눈을 뜰 만한 상황. 하지만 할아버지는 죽어가는 사람. 그저 잠시 눈을 뜨고 가볍게 웃어주기만 해도 바랄 게 없는 일이다.

"내 할 일은 끝났습니다."

임무를 마친 강토가 물러섰다. 남자가 딸의 등을 밀었다. 엉거주춤 다가선 딸이 할아버지의 손을 잡았다. 그러자 거짓말처럼 할아버지가 눈을 떴다.

"아빠!"

딸이 비명 같은 외침을 토했다. 떨리는 목소리가 이어졌다.

"할아버지가 웃고 계세요!"

*　　　*　　　*

정말 할아버지가 웃었다. 하얀 미소였다. 아무것도 바라지 않는 자애로운 미소. 자식을 위해 모든 것을 내주고도 아깝지 않은 그 미소.

"흑!"

차영이까지 눈물을 머금고 고개를 돌렸다.

"아들아……."

할아버지 입에서 소리가 새어 나왔다. 가족은 할아버지를 향해 귀를 쫑긋 세웠다. 그 표정들이 너무나 숭고해 보였다.

"고맙구나."

"아버지……."

"할아버지!"

"울지 말고……."

"아버지……."

"갑자기 머리에 평화가 들어왔어."

"그건……."

"다행이구나. 우리 아름이 앞에서 인상 찡그리고 가지 않아서."

"할아버지, 아름이는 괜찮아요. 아프면 인상 쓰세요."

"그래……."

"……."

"너희는 천천히 오거라."

"아버지……."

"그동안 고생 많았다.

"아버지……."

"네가……."

할아버지가 손을 내밀었다. 아들이 그 손을 잡았다.

"늘 자랑스러웠어."

할아버지가 하얗게 웃었다. 그리고 그 미소 그대로 눈빛이 정지되었다.

"할아버지!"

손녀가 할아버지 가슴에 무너졌다. 남자는 아내를 안고 소리 없는 눈물을 밀어냈다. 할아버지는 아들과 손녀의 소원대로 잃었던 미소를 머금고 숨을 거두었다.

근래 보기 드문 하얀 미소였다.

"선생님!"

복도를 걷는 강토를 아들이 불렀다. 강토가 돌아보았다.

"조금만 기다려 주세요. 요 앞에 보험회사 사무실이 있거든요."

아들은 눈물도 마르지 않은 채 강토가 놓고 온 계약서를 흔들며 말했다.

"그거 해약하지 마세요."

강토가 말했다.

"예?"

"그 보험, 할아버지가 들어준 거죠?"

"예?"

"몇 해 전에 말이에요. 병이 잘 낫지 않자 병원 병실에서 들었더군요. 비상금을 다 털어서."

"……."

"그러다 최근에 알았죠? 할아버지 비상금이 다 떨어져서 연체되는 바람에."

"……"

"끝까지 넣어 달래요. 할아버지의 마지막 선물이라며."

"윽!"

아들이 가슴을 잡고 무너졌다.

"힘내세요."

강토는 작은 응원을 남기고 돌아섰다. 할아버지의 선물. 그건 지어낸 말이 아니었다. 희미했지만 끝까지 남은 기억 중의 하나였다. 그리고 애당초 의뢰비는 받을 생각도 없었다. 어쩌면 정말 잘된 일이기도 했다. 청와대에서 오염된 머리가 조금이나마 씻겨나간 기분이다.

—중병이 든 아버지를 10년 가까이 살림이 거덜 나도록 최선을 다해 모신 아들.

—자기 사욕을 위해 중병이 든 기업을 파산으로 몰고 간 고위층.

뇌는 같지만 그렇다고 다 같은 뇌는 아니었다.

암!

강토는 고개를 끄덕이며 엘리베이터에 올랐다. 거기까지 따라 나온 할아버지 가족들이 공손히 강토를 배웅했다. 그것으로 충분했다. 돈으로도 살 수 없는 마음을 가진 사람들의 진심 어린 인사. 가난해서 더욱 따뜻한 그 인사.

"대표님!"

병원 로비를 나올 때다. 걸음을 멈춘 문수가 강토를 세웠다.

"……?"

고개를 돌리자 대기실 텔레비전 화면이 보였다. 속보가 나오고 있었다. 뉴스를 전달하는 사람은 조아인 앵커였다.

"뉴스 속보입니다!"

강토는 화면에 시선을 맞췄다.

"전 정부의 경제수석비서관을 맡았던 하상택 의원이 방금 국회의사당에서 대풍기업과 관련된 양심선언 기자회견을 자청했습니다. 국회에 나가 있는 송재오 기자 연결합니다."

"송재오입니다."

송재오가 나왔다. 의사당 앞은 어수선한 분위기였다. 화면은 빠르게 기자회견장으로 옮겨졌다. 생방송으로 세팅된 화면에 하상택이 보인다. 잔뜩 경직된 분위기였다.

"본인은 지난 정부에서 경제수석비서관의 직임을 다했던 바, 당시 일어난 서별관 회의의 국민적 의구심에 대해 진실을 밝히려고 합니다."

주변에 장철환이나 육 비서관은 보이지 않았다.

"당시 서별관 회의에서는 부실기업인 대풍에 대해 전격적이면서도 천문학적인 지원을 결정하게 되었습니다. 이는 당시 정부의 부담을 덜려는 본인의 개인적인 신념에 따라 행한 일이었으나 결과적으로는 매각의 골든 타임을 놓치고 엄청난 혈세를 낭비하게 된 것에 대해 책임을 통감합니다. 이에 본인은 의원직을 사퇴하고 오늘 이후 공적인 모든 일에서 물러나 자중할 것을 선언합니다."

"……"

"국민 여러분께 심려를 끼쳐 드려 송구하게 생각하며 진심으로 사죄의 말씀을 드립니다."

하상택이 단상 옆으로 나섰다. 그는 카메라를 향해 허리를 반으로 접어 사죄를 표했다.

"그럼 당시 서별관 회의가 강압이자 무소불위의 분위기였다는 풍문이 사실이라는 걸 인정하는 겁니까?"

"당시 국책은행장 린치도 있던 겁니까?"

"서별관 회의를 주도한 건 하 의원입니까, 누군가의 오더입니까?"

기자들이 벌떼처럼 몰려들었다. 하상택의 비서관들이 죽기살기로 그들을 막았다.

"그렇게까지 대풍을 살린 이유가 뭡니까?"

"비리나 다른 사람의 책임은 없는 겁니까?"

기자들의 아우성은 더욱 높아만 갔다.

권력!

무소불위의 권력!

몇 억이 아니라 조 단위를 낭비한 권력이 붕괴되고 있었다. 강토는 보았다. 그 이면에 어리는 장철환의 뚝심. 이 전격적인 기자회견은 그가 연출한 것이 틀림없었다.

"구속 대신 선언 쪽으로 가셨군요."

문수가 장철환의 심중을 간파해 냈다.

"그런 거 같은데……."

"대표님은 꼭 남의 말처럼 하십니다?"
"그럼 나도 국회 가서 저 난장에 끼어들까?"
"나쁘지 않지요. 사실 국민들에게 이것보다 더 신랄하게 알려야 하는 건데……."
"신랄?"
"저 사람의 책임이 저게 다는 아니겠죠?"
문수가 의미심장하게 웃었다. 정말이지 가슴을 꿰뚫어 보는 미소였다.
"젠장, 이럴 때는 누가 독심술을 하는지 모르겠단 말이지."
"수고하셨습니다."
"병원 일? 청와대 일?"
"둘 다죠. 대표님과의 일상은 정말이지 짜릿하다 못해 쫄깃쫄깃하군요."
"진심이야?"
"예, 진심으로 진심입니다."
"다행이네. 난 또 스트레스 많이 받을까 걱정했는데."
"제가 요즘 삼국지를 또 읽고 있거든요."
"또라면 몇 번째를 말하는 거야?"
"초등학교 4학년 때부터 시작해 정확하게 열일곱 번째입니다."
"너무한 거 아니야? 남들은 평생 한 번도 완독하기 힘든데."
"거기 보면 책사들이 나오지 않습니까? 순욱부터 제갈량까지."

"……."

"그분들이 뒤에서 머리 쓰는 거 보면 정말 환상이더군요. 저는 비록 흉내에 지나지 않지만 고백하건대 제 인생에 있어 요즘처럼 행복한 날이 없습니다."

"너무 오버 아니야? 이성표 팀장님 밑에서도 일했으면서."

"그때는 잔일 수습 차원이었죠. 하지만 여기서는 대표님이 제게 전권을 주시지 않습니까?"

"그렇다면 다행이야. 일 많다고 연봉 올려달라는 거 아니라서."

"그럴 리가요. 제게 일의 참맛을 알려주신 분인데. 개 진상 노릇도 면하게 해주시고."

"그렇게 고마우면 이거 하나 실행해."

"뭐죠?"

"저번에 내가 비행기에서 운 뗀 거?"

"그게 한두 가지입니까?"

"보너스!"

"……?"

"잔말 말고 내 말대로 해. 방 실장은 3천만 원, 황 부실장과 세경 씨는 각 천만 원씩."

"대표님!"

"너무 적어?"

"그럴 리가요. 제 말은 의뢰 금액이 들어올 때마다 보너스를 주시다간……."

"또 벌면 되지."

"……."

"삼국지에 책사들 잘리는 일은 없었어? 내가 알기로는 군주를 거역하면 잘리는 거 같던데?"

"그럼 이번만 대표님 뜻을 따르겠습니다."

강토가 엄포를 놓자 문수가 마음을 받았다.

그때 강토의 전화가 울렸다. 육 비서였다.

바빴다. 숨 돌릴 틈도 없이 강토는 이동했다. 장철환을 만나기 위해서였다. 장소는 장충단공원으로 서울 한복판의 남산 아래에 위치한 공원. 강토도 어릴 때 많이 찾던 공원이다. 당시에는 신당동에 살았다. 아버지가 남산을 좋아했다. 가끔은 함께 배드민턴도 쳤다.

"저기 계십니다."

문수가 작은 벤치를 가리켰다. 장철환은 거기 혼자 있었는데 선글라스를 끼고 있다.

"고문님!"

강토가 혼자 다가가 인사를 올렸다.

"바쁜데 괜히 부른 거 아닌가?"

"아닙니다. 마침 다른 건도 끝난 참이라……."

"앉으시게."

장철환이 벤치 한자리를 내주었다. 강토는 의자 깊이 엉덩이를 붙였다.

"속보 보셨나?"

"예."

"개인적으로 이 대표에게는 면목이 없네."

"……."

"마음 같아서는 구속해서 재판정에 세우고 싶었지만 정치권에 있다 보니 정치적 파장을 고려하지 않을 수 없었네. 그래서 반쪽짜리 징벌이 되고 말았어."

"……."

"아쉽더라도 진실을 밝혔다는 걸로 마음을 달래주면 좋겠네."

"저는 괜찮습니다."

"하상택은 외국으로 떠날 걸세. 대풍의 뒤를 봐주고 뇌물로 받은 고가의 그림들은 다른 경로를 거쳐 국가에 반납하기로 했네."

"……."

"비리 의원 검증 건도 급격한 진전이 있을 걸세. 당에서도 분위기가 달라지고 있거든."

"예."

"대풍에는 곧 대대적인 검찰 수사가 들어갈 걸세. 하상택과 야합한 당시 경영진과 현재 경영진. 덕분에 부실기업 매각이나 대책이 급물살을 탈 수 있을 것 같네."

"……."

"대통령께서도 고마움을 전하시더군. 이목이 있어 청와대로 불러 치하하지 못함을 이해해 달라고."

"이해합니다."

"이건 그분이 드리는 금일봉일세. 뒤의 것은 내 마음이고."

"고문님."

"받으시게. 그런 말이 있잖나? 공짜는 효험이 없다고."

"그러시면 챙겨두겠습니다."

강토는 봉투 두 개를 챙겨 넣었다.

"자네가 정정련과 연합해 터뜨린 일과 맞물리면서 권력층 비리 검증의 당위성도 확보되었네. 한편으로는 짐이 무거워진 거야."

"……."

"이제부터 권력을 개인의 치부를 위해 향유하던 자들의 반격도 심해질 거고."

"……."

"그러니 우리도 이제부터는 공개적으로 가야 할 걸세. 반대세력과 맞장을 뜨는 거야!"

장철환의 목소리가 조금씩 비장해지고 있었다.

"이 대표, 혹시 이 장충단에 숨겨진 역사를 아나?"

"예."

"오호, 그래?"

"고종께서 세운 대한제국 최초의 국립 현충원이라고 들었습니다. 일본의 만행을 잊지 않기 위한 결의로 장충단을 세웠다고요."

"그런 걸 가르쳐 주는 역사 선생도 있단 말이지?"

"그걸 알려준 건 제 아버지십니다."

"……?"

"제가 어릴 때 어느 현충일 날 여기서 말씀하셨어요. 여기도 현충원이니까 여기서 묵념해도 된다고. 그때 설명을 들었습니다."

"절치부심해 회사를 되찾은 그 부친 말이시군."

"예."

"어쩐지 이 대표가 나이에 비해 마음가짐이 다르더니 그런 부친이 뒤에 계셨군."

"……."

"하지만 아쉽게도 1920대에 일제에 의해 공원으로 바뀌어 버렸지. 우리나라는 그걸 막지 못했고."

"……."

"당시 인물들 중에도 그걸 막아야 한다고 주장한 사람은 있었네. 그러나 힘이 부족했어."

"……."

"매사가 그렇지. 비분강개나 비장함만으로는 아무것도 할 수 없네. 그걸 실현할 수 있는 힘과 환경을 만들어야지. 그건 지금의 우리에게도 요구되는 말이고."

"……."

"그러자면 그만한 수장이 있어야겠지?"

"고문님이 계시잖습니까?"

"아니."

장철환은 고개를 저으며 말을 이었다.

"말하지 않았나? 나는 대붕은 될지언정 봉황은 아니라고."

"……."

"내가 이 작은 날갯짓으로 봉황을 깨우려고 하네."

장철환이 강토를 바라보았다. 비장함에 숭고함이 더한 표정. 강토는 그 표정에 압도되고 말았다.

제7장

대붕으로 봉황을 깨우다

딸깍!

문이 열렸다. 장충동에 즐비한 족발집 중의 하나로 골목 후문으로 이어진 통로였다. 밖으로 난 계단을 오르자 2층의 아담한 내실이 나왔다. 보기 드문 다다미방에 김무혁이 앉아 있다.

"인사드리시게. 김무혁 의원님이시네."

김무혁!

청정 국회 운동 선봉자의 한 사람. 정좌한 자세로 신문을 보고 있던 그가 고개를 들었다.

"이강토입니다."

강토가 고개를 숙였다.

"반갑네. 나 김무혁일세."

그가 손을 내밀었다. 강토는 예를 갖춰 그 손을 잡았다. 사람을 온화하게 바라보는 깊고 그윽한 눈. 그럼에도 사람을 잡아끄는 눈이다.

자리를 잡자 아직 온기가 다 가시지 않은 족발이 나왔다.

"드시게. 우리 장 수석 이야기를 듣고 꼭 한번 대접하고 싶었네."

김무혁이 족발을 권했다.

"김 의원님 40년 단골집이라네. 이 대표를 위해 특별히 주문하신 모양이야."

장철환이 거들었다.

족발!

흔한 음식이다. 덕규와 둘이 많이도 먹었다. 청량리시장 덕분이다. 그 착한 치킨집 안에는 족발집도 많았다. 암퇘지 앞다리 대자 하나에 15,000원이면 충분하다. 꼬마족발은 5,000원이면 족했다.

그런데 이 족발은 느낌이 달랐다. 허튼 조직감이 아니라 탱탱하면서도 부드러웠다. 군내라고는 일절 없는 데다 흔한 한약 냄새도 배어 있지 않았다.

"최근 일어난 정치권의 추잡한 이면 파악이 전부 이 대표 작품이라고?"

한 쌈을 손에 든 김무혁이 물었다.

"과찬이십니다."

강토는 겸손하게 말했다.

"범죄를 숨기고 최고의 뇌 과학자로 자처하던 차일환부터 자기 집 지하에 은행을 차린 한순길, 그리고 방금 사욕을 위해 부실기업의 부실을 키워왔다고 회견한 하상택까지 전부 이 대표의 솜씨입니다. 뿐만 아니라 반달전자를 도와 미국에서 중국의 특허 소송까지 승리로 이끌어주고 돌아왔지요."

짝짝짝!

김무혁은 쌈을 내려놓고 박수를 쳤다. 진심을 담은 박수였다.

"그 또한 과찬이십니다."

"청와대 안에서 일어난 여러 일도 다 말씀드린 차라네. 대통령의 직계가족 정보 누출 검증 건과 수석비서관 검증 건, 그리고……."

서별관 회의의 진실까지.

장철환은 은은한 미소를 머금은 채 강토에게서 눈을 떼지 않았다.

"우리 장 고문이 그래요. 그런 젊은이가 있으니 격려 좀 부탁한다고. 그래서 내 단숨에 달려왔지. 격려로 될 말인가? 실은 큰절까지도 하고 싶은 마음이라네."

김무혁이 말했다. 중후함 속에서 우러나는 소탈함, 매번 쏘아내는 눈의 광채가 보통이 아닌 사람이었다. 압도적이다.

'이런 게 봉황의 느낌인가?'

장철환과는 또 다른 신뢰와 든든함. 장철환의 말이 이해되기 시작했다.

"앞으로도 계속 정진해 주시게. 이 자리에서 당장 나부터 그 관통 독심술로 검증해도 좋네."

독심술!

그 말을 들은 강토가 장철환을 바라보았다.

"의원님께서 자처하신 일이네. 이제 곧 대대적인 청정 국회, 비리 검증을 이끄실 모양이야. 그러니 솔선수범하시려는 걸세."

―나부터!

그 마음은 강토의 마음을 사로잡았다.

―우리끼린데 어때?

―우리끼리는 좀 봐주면서 살자고.

부정과 비리는 거기서 출발한다. 그렇게 무리가 되고 단체가 되고 조직이 되면서 각각의 비리는 모양을 바꿔간다. 저들의 비리를 배척하고 우리의 비리를 심는 것이다. 그래봤자 자리바꿈. 국민에게는 하나도 도움이 되지 않는 개혁의 헛발질들. 지금도 계속되는…….

'그렇다면!'

강토는 매직 뉴런을 김무혁의 눈에 겨누었다.

"감히 의원님에게 뇌파를 맞춰보겠습니다."

시크릿 메즈!

차태혁의 6번 뇌. 그가 최초로 겨눈 건 자기 아버지의 부조리였다. 치부를 가리기 위해 아들과 아내를 죽인 남자. 동시에 인간이기를 포기한 사람. 그런 악마성을 감추고 세계 최고의 뇌 과학자로 금의환향한 차 박사.

차태혁은 죽어서도 그걸 징치하려고 했다. 그리고 결국 해냈다. 그 간절함은 강토를 임시 숙주로 삼아 극성을 떨쳤다. 강토의 머리를 조종해 차 박사를 공략한 것이다.

그렇게 그는 목표를 향해 모든 것을 바쳤고, 그 목표를 이루자 숙주인 강토에게 선물을 주고 가버렸다.

그때 그는 얼마나 간절했을까?

간절함!

6번 뇌에는 그게 있었다.

강토에게도 있었다. 아버지의 명예 회복. 아버지의 기업 회복. 매직 뉴런에 익숙하지 않은 강토였지만 그 목표를 위해 간절함을 불태웠다. 그리고 마침내 역경을 지나 아버지의 기업을 되찾아주었다.

지금 그 아버지가 인도차이나반도를 누비고 있다. 자신을 돌보지 않고 24시간을 쪼개 쓰며. 회사를 위해, 그리고 그렇게 번 돈으로 직원들을 위하고 우리보다 못한 가난한 나라에 학교를 지어주기 위해.

사실 아버지도 간절하다. 그렇기 때문에 아버지는 혼신을 다해 캄보디아와 라오스, 미얀마 등을 누비는 것이다.

'부디…….'

강토는 김무혁의 눈을 바라보며 빌었다.

'당신에게 이 나라를 바로 이끌려는 간절함이 있기를!'

출격!

숭고한 마음을 담은 매직 뉴런들이 회오리처럼 휘돌다 김무혁의 눈을 치고 들어갔다.

아아아아!

낮은 선율이 들리는 것 같았다. 다른 어느 때보다도 강토는 긴장하고 있었다. 강토가 생각하던 장철환. 그는 자신이 봉황이 아님을 천명했다. 그것만으로도 그의 진실은 한 번 더 증명되었다. 그런 그가 추천한 김무혁. 그의 뇌는? 봉황 감의 뇌는 어떻게 다를까? 그리고,그의 비밀과 기억의 서랍들은?

열어라!

그의 모든 것!

강토는 기억 창고로 돌진하는 매직 뉴런들에게 비장한 명령어를 날렸다.

일생 최대의 비밀!

강토는 알고 있었다. 그 비밀은 대개 부정적인 게 많다. 행복한 기억이나 당당한 기억들은 최대 비밀로 남겨지는 게 드물었다. 그것부터 열었다. 난폭할 정도로 팍!

후우웅!

소리 없는 빛의 전개와 함께 김무혁의 비밀이 열렸다.

낡았다. 정말이지 묵고 또 묵은 기억이었다. 70년대의 허름한 풍경이 펼쳐졌다. 더러는 캄보디아의 일부처럼 보였고 더러는 그보다 조금 나아 보였다.

돈이 나왔는데 5백 원짜리였다. 이순신과 거북선이 보인다. 강토에게는 낯선 지폐였다. 소년은 중학생 교복 차림이었다. 검은색의 교복에 황금빛 노란 단추. 옆에는 하얀 천에 박힌 명찰에 '김무혁'이라는 이름이 또렷했다.

가운데 中(중) 자가 선명한 모자를 소년이 눌러썼다. 소년은 그 돈을 한 아저씨에게 내밀었다. 아저씨는 신문 배달 지국장이었다.

"상철이 주라고?"

지국장이 물었다.

"네."

"그렇게 고생해서 번 돈을……."

"대신 상철이한테는 비밀로 해주세요."

"그래도 되는지 모르겠다. 배달 부수도 네가 제일 많았는데……."

"괜찮다니까요."

"아무튼 서운하구나. 이제 배달까지 그만둔다니……."

"처음부터 1년만 한다고 했잖아요."

"그래도 너처럼 열심히 하는 녀석을 못 봤는데……."

"그럼 부탁합니다!"

소년은 지국장에게 꾸벅 인사를 올렸다. 그런 다음 쑥색 책가방을 옆구리에 끼고 학교로 달렸다. 마지막 신문 배달 일. 1년 동안 모은 돈을 지국장에게 건넨 소년의 발걸음은 날아갈 것만 같았다.

그날 아침 소년은 학교에서 상철을 만났다. 상철은 소년의 반 친구였다. 상철은 발목을 약간 절었다. 그래서 늘 배달도 늦었다.

"다 돌렸어?"

소년이 상철에게 말했다.

"응!"

상철의 표정이 밝았다.

"뭐야? 몇 부 확장이라도 한 거야?"

시치미를 떼며 묻는 소년. 확장을 하면 수당이 나온다. 반면 배달 소년들이 가장 싫어하는 건 신문 사절. 끊어지는 신문이 많으면 욕을 먹기 때문이다.

"그게 아니고… 이거 비밀인데, 지국장님이 장학금 주셨어."

"진짜?"

"응. 지국장님이 본사에 너하고 나하고 이름 올렸는데 내가 뽑혔대."

"하긴 너는 나보다 오래 배달했으니까."

"미안해. 아마 네가 배달 그만둔다고 하지 않았으면 네가 뽑혔을 텐데……."

"됐거든. 아무튼 축하해."

"하느님이 도운 거 같아. 이제 집수리할 수 있을 것 같아."

상철이 상기된 얼굴로 웃었다. 상철은 가난했다. 다리도 병원에 제때 가지 못해 절게 되었다. 그의 집은 청계천 뚝방에 있었다. 가난한 사람들이 모여 사는 곳이다. 그중에서도 하천에 가깝다. 아버지 없이 자라는 상철. 설상가상으로 그의 엄마도 폐가 좋지 않아 행상으로 근근이 끼니를 때웠다. 그래서 상철은

6학년 때부터 신문 배달을 하고 있었다.

그러나 자립심은 강했다. 가난하지만 누구의 도움도 원하지 않았다. 제 손으로 돈을 모아 고등학교에 진학하겠다는 당찬 아이였다. 상철은 도시락도 없었다. 점심시간이 되면 슬그머니 나갔다. 운동장으로 가서 물을 마시는데 그렇게 많이 마시는 아이는 처음 보았다. 물을 마시고 나면 괜히 운동장을 한 바퀴 돌았다. 그게 상철이었다. 아무도 그에게 도움의 손길을 주지 않았지만 설령 누군가 돕겠다고 나서도 거절할 아이가 상철이었다.

문제는 집이었다. 얼기설기 판자를 덧대고 루핑으로 두른 집. 겨울이 오면 추위에 떨고 여름이 오면 습기와 곰팡이의 천국이 되었다. 그마나 작년에 든 대홍수로 인해 집이 허리까지 잠겼다가 나온 판이다. 사람 사는 곳이 아니었다. 하지만 상철과 그의 엄마는 집을 수리할 돈이 없었다.

돕고 싶었다.

소년의 집은 그 정도 여유는 있었다. 부모님에게 말하면 될 것도 같았다. 하지만 말하지 않았다. 상철의 자존심을 건드리고 싶지 않았다. 그래서 찾은 방법이 신문 배달이었다. 다행히 소년의 집이 유복하다는 걸 모르는 상철이었다. 당시 교실에는 가난한 아이 천지였기에 그런 척하며 신문 배달에 따라나섰다.

부모님에게는 친구 집에 모여 아침 공부를 한다고 둘러댔다. 그렇게 일 년을 보내며 차곡차곡 모은 돈, 그걸 지국장을 통해 건네준 것이다. 비밀을 부탁하며.

일 년 동안의 신문 배달.

중2의 소년에게는 어려운 선택이었다. 부모 품에서 자란 무학에게는 엄청난 고생이었다. 처음 나흘 동안은 코피를 흘려가며 일어났다. 한 달은 거의 비몽사몽이었다. 신문은 무거웠고 새벽길은 무서웠다. 그래도 어느 정도 시간이 지나자 할 만했다. 목표가 있었기 때문이다.

'No gains without pains!'

힘이 들면 그 말을 곱씹었다. 고통 없이 얻을 수 있는 건 없었다. 아버지가 알려준 영어 격언이다. 인내는 쓰나 열매는 달다. 그 말도 단골 메뉴였다.

그렇게 전해준 돈으로 상철은 공사(?)를 했다. 새 루핑과 판자, 벽지와 장판을 사서 집을 수리한 것이다.

"우리 집 궁전으로 변했다!"

집수리를 마친 월요일에 상철이 자랑했다. 그렇게 뿌듯한 얼굴은 처음이다. 그 뿌듯함의 바탕이 되어준 소년 김무혁의 비밀. 그게 그의 최대 비밀이었다.

아름다웠다.

이런 비밀이라면 뒤지고 또 뒤져 감염되고픈 강토.

다음 비밀은 그의 아내가 주인공이었다. 부모님의 중매로 결혼한 김무혁, 3년이 지나도 후손이 생기지 않았다. 초조해진 어머니가 신부의 문제를 공론화하려고 하였다. 당시만 해도 벌써 30여 년 전. 아이가 생기기 않으면 여자 탓으로 돌리던 시대였다. 김무혁은 그걸 자기 탓으로 돌렸다.

"제가 워낙 바쁘고 피곤하다 보니 집사람과 관계를 잘 하지 못합니다."

부부관계에 대해서는 남에게 적나라하게 이야기하기 어렵다. 게다가 아내를 아끼는 그였기에 아내에게 불임 검사를 받으라고 등을 떼밀 수도 없었다. 그러다 의사 지인을 알게 되었다. 마침 산부인과 의사였다. 다행히도 그쪽에서 먼저 화두를 이끌어주었다.

"아직도 아이가 없단 말씀입니까? 피임을 하는 것도 아닌데도요?"

의사는 두 사람을 따로 병원으로 불렀다. 아내에게는 그냥 건강검진이라고 속였다. 진단 결과 문제가 밝혀졌다. 김무혁은 요도 구멍이 다른 사람과 달랐고, 아내는 자궁이 틀어져 있었다. 그게 원인이었다. 보통 체위로는 임신이 어려웠던 것. 의사의 처방은 딱 하나였다.

색다른 체위.

그는 과연 명의였다. 그 체위로 관계를 한 지 3개월 만에 아들이 생겼다. 뒤를 이어 또 아들과 딸이 생겼다. 그 일 역시 아내와 부모님에게 절대 비밀이었다. 그가 어머니에게 첫 아들을 안기며 한 말 역시 다르지 않았다.

"요즘 일이 좀 한가해서 열애에 빠졌더니……. 제가 뭐랬어요? 걱정 말라고 했잖아요."

기억은 그 화면에서 멈췄다. 아내도 웃고, 어머니도 웃고, 김무혁도 웃고 있었다. 그렇게 태어난 첫아들 역시 어쩐지 배시시 웃는 것만 같았다.

"……!"

비밀 체크가 끝나자 강토는 잠시 머리를 정리해 보았다. 기쁜 한편으로 실망스럽기도 했다. 봉황의 비밀이라면 적어도 상상 저편의 위대한 걸 기대한 강토였다.

하지만 나쁘지 않았다. 현대의 봉황은 과거의 절대왕정과 달랐다. 마음속에 따뜻한 마음이 필요했다. 세종대왕이 가졌던 저 위대한 애민. 그 또한 따뜻한 마음에서 출발한 것 아닌가?

하지만 그 또한 강토의 예단에 불과했다. 김무혁의 비밀은 또 있었다. 바로 봉황의 그릇을 보여주는 비밀이다.

미국과 철강 덤핑 판정이 문제가 되었을 때의 일이다. 미국 측에서는 이번에는 본때를 보이겠노라고 벼르며 나왔다. 덤핑 판정이야 종종 있던 일이지만 이때만은 사안이 달랐다. 무려 60%의 덤핑 판정을 내리겠다는 설이 새어 나오고 있던 것.

일이 다급하게 돌아가자 정부 측에서 대책반을 구성했다. 하지만 중요한 사람이 빠진 헛발 대책반이었다. 미국통으로 불리는 김무혁을 제외시킨 것이다.

당시 대책반 책임을 맡고 있던 사람이 김무혁을 시기했다. 그는 일부러 김무혁을 대책위에서 빼버렸다. 협상은 지지부진했다. 위기감이 높아지자 김무혁은 나 홀로 외교전을 펼쳤다. 미국의 인맥을 동원해 덤핑 판정에 실권을 가진 미국 상무부 청문위원들을 차례로 공략했다. 그리고 미국 기업이 표적으로 노리는 두 회사의 실정을 강변했다. 기술 개혁으로 얻게 되는 이익의 증가. 그러나 차츰 줄이는 방향으로 계도하겠다는 설득이 먹혔다.

이 시기, 그 책임자도 요란한 협상단을 이끌고 미국에 들어와 있었다. 그는 청문위원 한 사람만을 만났을 뿐이다. 사진은 요란하게 찍었다. 다음날 국내 신문에는 그가 미국에서 총력전을 펼치는 것으로 나왔다.

물론 발표된 결과는 좋았다. 김무혁의 숨은 활약 때문이었다.

돌아오는 공항에서 둘은 우연히 만나게 되었다. 책임자가 냉소를 뿜었다.

"외유나 하고 다니고, 팔자 좋소이다!"

김무혁은 웃어 넘겼다. 아무도 몰래 나 홀로 외교전을 펼치고 돌아가는 길. 김무혁의 격이 낮았다면 그 자리에서 공박을 하며 책임자를 뭉갰을 일이다.

'내가 여기 왜 온 줄 알아?'

'덤핑 국가에서 제외된 게 누구 공인 줄 알아?'

그렇게 말이다.

김무혁의 입에서 나온 말은 아주 달랐다.

"고생 많으셨습니다."

김무혁은 조용히 웃었다. 그 미소는 신문 배달을 한 돈으로 친구를 몰래 도운 그 미소와 닮아 있었다. 겸손하되 비굴하지 않은 사람, 국익 앞에서는 당당히되 공을 내세우지 않는 사람, 그가 바로 김무혁이었다.

강토는 그의 미소처럼 조용히 매직 뉴런을 거두었다. 행복했다. 대한민국 지도자 중에 이런 사람이 있다는 사실에, 그런 그가 장철환의 편이라는 사실에.

"안 되겠습니다."

강토는 미소가 끊기기 전에 고개를 저었다.

"안 된다고?"

김무혁이 물었다.

"애를 써보지만 제 능력으로는 독심이 안 되는군요."

"이 사람이 너무 오염되었거나 타락해서 그런 건 아니고?"

"별말씀을. 독심은 되지 않지만 형태를 잡을 수는 있었습니다. 커다란 원형의 뇌파로 보아 의원님은 좋은 분이 확실합니다."

"어허, 저번에 중국에서 만난 투시 전문가도 그렇게 말하더니……."

"투시라고요?"

그 단어 하나에 강토 귀가 솔깃해졌다.

"그 양반, 어떤 사람이 쓰던 물건을 만지면 주인의 생각과 습성까지도 안다고 하더이다. 그런데 아쉽게도 내 물건에서는 그게 안 된다고……."

김무혁은 어깨를 으쓱해 보였다.

"그게 맞는 이치 아니겠습니까?"

침묵하던 장철환이 대화에 끼어들었다.

"이치라니요? 혹시 이 사람 썩은 돌머리라 그런가 싶어 불안

한 참인데……."

"돌이 아니라 봉황이라 그런 겁니다!"

김무혁을 겨누고 있던 장철환이 마침내 승부구를 날렸다.

"장 수석!"

김무혁이 놀라 고개를 들었다. 장철환이 자리에서 일어났다. 그는 김무혁을 향해 큰절을 올렸다. 강토도 그 뒤를 이었다. 장철환의 뜻을 읽고 있는 참이기 때문이다.

"이, 이 사람들이 왜 갑자기?"

"벽오동 숲에서 쉬는 건 지금까지로 충분하십니다. 이제 그만 천하를 위해 비상하시지요."

"장 수석!"

"미력한 이 사람이 여기 젊은 피 이 대표를 만나 대오각성을 하였습니다. 이름이 정치가라고 다 정치인은 아니라는 걸."

"……."

"새들은 다 지향을 잃었습니다. 그저 지지배배 자기 잘났다고 우짖기에 바쁩니다. 이때가 봉황이 나설 때가 아니면 언제란 말입니까?"

"장 수석!"

"썩은 정치에 환멸을 느끼고 당 대표를 내려놓으셨지요? 그때는 계파 싸움에 밀려 날개에 내상을 입으셨습니다. 측근 때문이었지요. 내 편으로 믿고 있던 측근들이 마지막 순간에 저쪽으로 몰려가 의원님의 봉황의 꿈은 벽오동 숲에 갇히고 말았습니다."

"그 무슨……."

"그때 여기 이 대표가 의원님 곁에 있었더라면 어땠을까요? 그래서 한순길이나 하상택처럼 제 사욕을 위해 아부 떨던 자들의 옥석을 가려주었다면……."

"……!"

"이 대표 외에 제 목까지 올려놓겠습니다. 이걸 밟고 날아오르십시오."

"장 수석……."

"이미 변혁의 불이 붙었습니다. 위민의 탈을 쓰고 사리사욕에 눈먼 정치인들, 의원님도 아시겠지만 그들 무리가 제대로 검증을 받는다면 얼마나 살아남는다고 생각하십니까?"

"……."

"석귀동의 비리는 이미 검찰에서도 상당수 확보했습니다. 은재구 의원 역시 지금까지 밝혀진 것만 해도 문제가 없지 않습니다."

"허어!"

"청와대에서 일하다 보니 지도자의 그릇을 볼 수 있게 되었습니다. 그 자리에는 의원님 같은 분이 필요합니다. 의원님이라면 여기저기 생채기가 커져가는 이 나라에 꼭 필요한 구원투수가 될 수 있을 것입니다. 검증 이후 당을 꾸려서 저희 뜻을 받아주십시오."

"내가 봉황?"

"예!"

"그러니 날아오르라?"

"예!"

"청와대의 주인이 되어라?"

"예!"

"우리 이 대표 생각도 그런가?"

김무혁이 강토를 바라보았다.

"만약 거절하시면……."

강토는 김무혁을 바라보며 뒷말을 이었다.

"비리 검증 때 김 의원님 차례에서 제 뇌파가 오작동을 할지도 모르겠습니다."

"오작동? 푸하하핫!"

강토의 말을 들은 김무혁이 호방하게 웃어젖혔다.

"내 정치 인생 수십 년 동안 들은 협박 중에 최고의 협박이군. 그렇다면 별수 없이 봉황인 척 날아봐야겠군. 이 대표가 허튼소리라도 할라 차면 나도 한 방에 날아갈 테니!"

* * *

김무혁과 헤어졌다. 그는 소탈한 미소를 남기고 떠났다.

이제 그도 할 일이 많았다. 비리 검증 국회 운동을 주도해야 했다. 국회의원의 특권 의식에 사로잡혀 거부 의사를 밝히는 구린 자들을 끌어들여야 했다.

물결!

그게 도도하게 퍼지고 있었다. 아직은 그리 크지 않은 파도. 그러나 파도는 출발지와 달리 종착지에서는 쓰나미가 될 수도 있었다.

"음식 남기면 벌 받는다니 우리가 먹어야겠군."

다시 자리를 잡은 장철환이 족발을 보며 말했다. 하지만 족발은 포장으로 대신해야 했다. 장철환에게도 긴급 특보가 온 까닭이다.

은재구의 급거 귀국.

그 정보가 날아온 것이다.

"똥줄이 타신 모양이군."

통화를 끝낸 장철환이 웃었다.

"도착했답니까?"

"베이징에서 방금 전에 비행기에 올랐다는군. 두 시간이면 인천에 오지 않을까?"

"그렇겠군요."

"이 대표와 한잔하려고 했더니 그만 가봐야겠군. 다음 기회에 보세나."

"예!"

장철환도 보냈다. 그 자리를 메운 건 덕규였다. 문수는 정 간사에게 보냈다. 정치권의 정보가 더 필요했다. 운전이라면 천하무적 덕규이니 나쁜 선택은 아니었다.

"으아, 이 족발은 차원이 다른데요?"

덕규는 팔을 걷고 나섰다.

"남기지 말고 먹어라. 귀한 분이 사주신 거니까."

"예, 대표님. 뼈까지 씹어 먹겠습니다."

"대신 술은 안 돼."

"예? 맥주 한잔도요?"

"응."

"으어어, 그럼 무플 게시물 꼴인데."

"이래도?"

강토가 봉투를 꺼내 보였다. 봉황이 찍힌 봉투이다.

"이게 뭐래요?"

"대통령께서 보내주신 금일봉이다!"

"벙커에 보관하라고요?"

"아니, 시골 어머니에게 보내드려라."

"예?"

많이 놀랐나보다. 입에 든 족발이 파편으로 튀었다.

"죄송합니다. 농담에 너무 놀라서리……."

덕규는 두 팔을 휘저으며 상황 수습에 나섰다.

"농담 아니야."

"대표님?"

"돈은 많지 않다. 하지만 부실장 어머니가 가장 좋아할 거 같아서. 지난번에 귀한 가마솥 백숙 값도 못 드리고 왔고."

"형……."

덕규의 눈과 코에서 물기가 새어 나왔다.

"코 떨어진다. 너 혼자 먹는 거 아니잖아?"

"죄, 죄송해요."

덕규는 죄 없는 콧등을 마구 비벼댔다.

"먹고 공항까지 운전 말아라. 끝나고 나면 나 벙커에 내려주고 바로 고향 앞으로 해!"

"형……."

"어머니 만나면 내가 맨날 쪼고 개고생시킨다고 씹지 말고."

"아, 진짜 내가 무슨 형을 씹는다고……."

"체하겠다. 얼른 먹고 가자."

강토는 덕규 앞에 물컵을 밀어주었다. 덕규는 킹킹거리면서도 족발을 남김없이 비웠다. 배가 제법 고팠던 모양이다.

차가 날았다. 덕규는 말도 하지 않았다. 다만 이따금 강토를 보며 웃어줄 뿐이다. 강토는 간간이 눈을 감았다.

'은재구……'

이름과 얼굴이 스쳐 갔다. 오랫동안 강토의 기억에서 들끓어온 사람. 이제야 정식으로 대면하게 되었다. 새날당의 전임 당대표의 한 사람으로 권력의 한 축을 담당하는 사람. 동시에 아버지 회사를 강탈한 노중권을 중용하려던 사람. 당시 그는 노중권과의 관계를 인정하지 않았다. 따라서 검찰 역시 큰 문제를 삼지 않았다.

그때 강토의 창이 노리는 건 노중권이었다. 그래서 강토조차도 은재구에 대해서는 호기심 정도의 차원에 불과했다.

하지만 지금은 달랐다. 조금씩 구체화되어 가는 권력 비리 검증. 어쩌면 은재구야 말로 커다란 터닝 포인트가 될 수 있었다.

—전임 당대표 김무혁과 역시 전임 당대표 은재구는 대권 경쟁자.

—장철환과 은재구 역시 호의적이지는 않은 상황.

—은재구는 하상택과 이해룡을 망라하는 최대 계파의 보스.

이제는 밑그림도 파악되었다. 결론적으로 은재구는 잠재적 적으로 분류되는 사람이었다. 그런 그가 만일 청렴하거나 혹은 큰 흠을 잡을 수 없는 사람이라면 장철환은 그와 손을 잡거나 그 벽을 넘어야 한다. 그건 김무혁 역시 다르지 않았다.

결정적 흠이 있다면 이야기는 달랐다. 그를 제거해야 하며, 제거하는 데 큰 무리도 없을 것이다.

심장이 두근거렸다. 사실 강토는 크게 걱정하지는 않았다. 노중권 때문이다. 그와의 야합을 알고 있는 강토. 기업가와 야합한 사람이 그리 깨끗할 턱이 없었다. 더구나 그는 하상택의 양심선언으로 자기에게 불똥이 튈까 봐 급거 귀국했다.

'어서 오시죠. 탈탈 털어드리지요.'

강토는 은재구의 이름에 대고 친절하게 속삭여 주었다.

공항은 번잡했다. 미국에서 입국한 지 얼마 지나지 않은 시간. 그럼에도 공항은 낯설 설렘과 미묘한 울림을 주었다.

떠난다는 것, 그리고 돌아온다는 것.

간단히 정리하면 사필귀정이다.

강토는 귀빈 입국장 쪽으로 향했다. 지난번 한순길을 맞이하던 그 자리였다. 공항에는 왜 귀빈 입국장이 따로 있을까? 그 또한 특권 의식의 발로가 아닐까 싶다. 선거 때가 되면 발에 물집이 나도록 국민을 찾아다닌다는 그들. 그런데 왜 평소에는 국민들과 떨어지고 싶은지 궁금했다.

구밀복검(口蜜腹劍), 겉 다르고 속 다르기 때문이다. 국민의 종이 아니라 국민을 종으로 부리고 싶기 때문이다.

"대표님!"

바짝 긴장한 덕규가 선글라스를 내밀었다. 문수의 주문이었을까? 강토가 받아 들었다. 아니나 다를까, 문수에게서 문자가 들어왔다.

—베이징 발 인천공항 KAL기 정시 이륙, 정시 도착 예정.

그새 비행기 이륙 시간을 체크한 모양이다. 비행기는 지하철을 닮았다. 특별한 기상이변만 없다면 정시에 이륙한 비행기는 예정 시간 안에 도착한다. 문자는 하나가 더 있었다.

—갈 때는 동방항공으로 1등석, 올 때는 KAL로 프리스티지석.

좌석이 달랐다. 냉소가 나왔다. 국민 기만이다. 들어올 때 KAL의 프리스티지는 시선을 의식한 것이다. 한숨이 나왔다.

'우리 대한민국을 대표하는 존경하는 의원이 프리스티지나 일반석이 뭐란 말이냐? 당연히 1등석을 이용하게 해드려야지.'

선거 때만 되면 입을 모아 애국하고, 입을 모아 국민을 위한다는 그들인데 왜 그런 말을 듣지 못할까? 참으로 애통하기 그지없는 일이다.

그사이에 입국장이 웅성거리기 시작했다. 이번에는 한순길

때와는 비교가 되지 않았다. 기자도 많고 의원도 많았다. 지지자 또한 백여 명에 이르렀다.

"와아아!"

짝짝짝!

곧이어 박수가 터져 나왔다. 아직 은재구가 모습을 드러내기 전, 그의 라인으로 분류되는 전종모 의원이 바람을 잡고 있었다. 그리고 그들 인파 너머로 마침내 은재구가 모습을 드러냈다.

산뜻한 캐주얼 차림에 눌러쓴 안경. 그는 환영 인파를 향해 손을 흔들며 다가왔다.

"은재구! 은재구!"

누구였을까? 누군가의 선창을 따라 연호가 시작되었다. 몇몇 사람들과 악수를 나눈 은재구는 기자회견을 사양했다.

"계파 의원으로 분류되는 하상택 의원이 의원직을 사퇴했습니다. 어떻게 생각하십니까?"

기자들이 그 뒤를 따르며 소리쳤다. 강토는 그의 동선을 따라 이동했다. 하지만 이내 지지자들의 장벽에 막히고 말았다. 강토는 장벽 너머로 보이는 은재구를 향해 매직 뉴런을 출격시켰다.

'어디 일단 한번 보자고!'

당신, 목 놓아 기다리고 있었거든.

매직 뉴린은 은재구의 눈동자를 향해 쏟아져 들어갔다. 그런데…….

"……?"

빗나가 버렸다. 목표물 앞에서 감쪽같이 비껴 버리는 미사일처럼 쾅 소리를 대신해 헛발질이 돌아온 것이다.

말도 안 돼.

"덕규야!"

발끈한 강토가 신호를 보냈다. 덕규가 경호원으로 보이는 남자들을 밀었다. 두 경호원이 좌우로 밀리며 드러난 은재구. 그 또렷한 목표물에 시크릿 메즈를 날렸다.

"……!"

이번에도 같았다. 매직 뉴런은 작심하고 날아가지만 마지막 순간에 목표를 비껴났다. 강토에게 어떤 느낌도 주지 않고 주르륵 무력화되어 버리는 매직 뉴런. 100마일로 날아간 돌직구가 타자 앞에서 맥없이 떨어진 꼴이다.

'안경 때문에?'

그럴 리가 없었다. 그건 이미 문제가 되지 않고 있었다.

'그럼……'

실드, 혹은 뉴런 방탄?

상상을 동원했다. 생각 자체가 황당했다. 그 황당함이 돌연 몸으로 전해왔다. 뭔가 둔탁한 통증을 느낀 강토는 명치를 움켜쥐고 무너졌다.

"대표님!"

스러지는 강토를 보며 덕규가 소리쳤다.

"으……"

불의의 일격이었다. 마치 해머로 친 것 같은 충격이 옆구리를 통타한 것. 강토는 신음조차 제대로 쉴 수 없었다. 그사이에 은재구가 멀어졌다.

'이런!'

입술을 깨물지만 어쩔 수 없었다. 은재구는 세단에 오른 후였다. 그 앞으로 이동한 경호원 둘이 검은 안경을 벗으며 빙긋 미소를 머금었다. 그들은 알고 있는 눈치였다. 강토의 정체를.

'시크릿 메즈!'

강토는 자신을 막아선 경호원에게 벼락같이 매직 뉴런을 날렸다. 그들 해마는 열렸다. 김이 모락거리는 기억이 나왔다.

〈이강토!〉

그 기억 속에서 강토 이름이 나왔다. 강토 사진도 나왔다. 사진을 보여주며 지시하는 사람은 은재구의 보좌관이었다.

—이놈 막아!

—의원님 곁에 얼씬거리지 못하게 해.

강조가 대단했다. 이어 경호원의 주먹이 강토의 명치를 파고드는 게 보였다. 단기 기억은 그게 끝이었다. 지시는 공항에 오기 전에 은재구의 한국 사무실 보좌관 비상 대책 회의에서 일어난 일. 은재구가 이미 강토의 존재를 알고 대비하고 있다는 의미였다.

'당했군.'

강토는 선글라스를 벗었다. 은재구 일행은 이미 다 사라진 후였다.

"괜찮아, 형?"

덕규가 물었다.

"보다시피."

"쫓아갈까?"

"아니."

강토는 고개를 저었다.

"왜? 저 새끼들이 형을 친 거 아니야?"

덕규가 소리를 높였다. 하지만 그게 중요한 게 아니었다. 은재구 그는 대비하고 있었다. 그럴 수도 있었다. 하상택이 연락을 취했을 수 있기 때문이다.

'시크릿 메즈!'

강토는 지나가는 공항 경찰대의 뇌를 겨누었다. 비밀이 나왔다. 그 옆의 동료도 겨누었다. 그 비밀도 나왔다.

'매직 뉴런…….'

당연히 이상이 없었다. 하지만 일부 이상이 생겼다. 은재구의 머리를 탐색하지 못한 것이다.

'뭘까?'

골똘히 생각할 때 강토 앞으로 그림자 하나가 다가왔다. 그림자는 반 검사였다.

"형님."

강토가 고개를 들었다.

"얼굴이 왜 그래?"

"형님이 여긴 어쩐 일로?"

"수사하다가 머리가 아프길래… 여기 오면 우리 아우님 만날 수 있을 거 같아서 왔는데… 나도 이거 아우님한테 뇌파 독심 능력 물든 거 아니야?"

"……."

"실패?"

감각 빠른 반 검사가 강토의 표정을 읽은 듯 미간이 구겨졌다.

"맞습니다."

"아우님이 말하는 그 부류인가? 뇌파 분석이 불가능한?"

"……."

"그럼 큰일인데? 여기저기 은재구 의원이 연 걸리듯 걸리고 있거든. 게다가……."

반 검사는 뒷말을 흐렸다. 은재구의 여당 내 입지 때문이다. 그는 차기 대권이든 킹메이커든 역할을 수행할 사람. 게다가 성향상 장철환의 우군은 아니었기에 짚고 넘어가지 않을 수 없는 인물이다. 반석기도 그걸 잘 알고 있었다.

"방법을 찾아보겠습니다."

"너무 서두르지는 말자고. 일단 귀국했으니 어떤 방향으로든지 움직이게 될 거야. 중국에 있는 것보다는 낫다고 봐야지."

"……."

"나도 정보망 가동할 테니까 그런 줄 알고."

"그러죠."

"장 고문님 전화 받았어."

"예."

"김무혁 의원의 마음을 움직이는 데 성공했다고?"

"예."

"그분은 뇌파 체크가 가능했군. 아우님도 함께 거들었다고 하셨으니……."

"저야 뭐 그저……."

"아무튼 대단해."

"그나저나 그건 어떻게 되었습니까? 귀족 파티인지 뭔지……."

"거기 신경 쓸 때가 아니잖아? 아우님도 시간 없는 거 같고."

"그럼 저 때문에?"

"그건 아니고 주변에서 하도 권하길래 반승낙한 거지. 내 취향도 아니었어. 그나마 아가씨 하나가 나한테 계속 문자를 날려 와서 소통은 하고 있으니까 나중에 혹시 만나게 되면 슬쩍 뇌파 점검 좀 해줘."

"그러죠."

"바쁘면 가봐. 지금 머리 아프다고 얼굴에 다 쓰여 있거든. 난 여기 출입국 기록 좀 확인할 게 있어서……."

"알겠습니다."

반석기와 작별을 한 강토는 공항 밖의 차에 올랐다.

부릉!

덕규는 조심스레 차를 출발했다. 강토를 방해하지 않기 위해서이다. 시야로 서해 바다가 들어왔다.

바다!

세상은 과연 넓었다. 벼르던 은재구. 그에게서 느낀 또 한 번의 막막함.

'뭔가 있어.'

강토는 생각했다. 은재구의 진짜 대비. 그건 경호원을 풀어놓는 것도, 강토의 접근을 막는 것도 아닌, 매직 뉴런을 무력화시키는 실드를 갖춘 거라는 걸.

그게 뭐냐?

대체 뭐냐고?

강토는 미친 듯이 생각에 빠졌다.

제8장
100점의 미션

"형!"

다시 차영아의 병원 앞, 덕규가 울상을 지었다.

"다녀와."

"싫다니까. 지금 우리 엄마가 중요한 게 아니잖아?"

"내가 약속했어. 오늘 보내준다고."

"……?"

"네 어머니 알잖아? 보나마나 동네 사람 다 불러서 가마솥에 불 지피고 있을 거다. 아니, 현수막도 내다 걸었을지 모르지. 우리 아들 황덕규 고향 방문 대환영!"

"무슨 상관이야. 내가 전화할게."

덕규가 전화를 들었다. 강토는 그 손을 막았다.

"너 자꾸 말 안 들을래? 내가 가마솥 백숙 먹고 싶어서 그러잖아."

"형!"

"아, 진짜… 짜식이 무슨 말을 하면 좀 눈치가 있어야지. 아까 은재구한테 뇌파 안 통하는 거 봤지? 미국에서 너무 무리해서 그러는 거잖아. 그러니까 가서 너도 좀 먹고 지구 최강 그 가마솥 백숙 좀 얻어 오란 말이야."

"……."

"뭐, 먹다 다 먹으면 할 수 없지만……."

"그럼 진작 그렇게 말하지."

"눈치 빠른 게 왜 그래? 척하면 척이지."

"……."

"그렇다고 너무 서두르지는 말고."

"옙, 그럼 총알처럼 다녀오겠습니다."

덕규는 거수경례까지 붙이고 차에 올랐다.

바아앙!

차는 정말 총알처럼 멀어졌다.

닭백숙…….

그 맛이 환상이었던 건 사실이다. 하지만 그렇다고 이렇게까지 먹고 싶었을까? 강토가 덕규의 등을 민 건 어머니 때문이다. 덕규 어머니는 정기적으로 전화를 걸어온다. 참 지극정성이다. 그런 차에 대통령의 금일봉을 가져다 주면 얼마나 좋아할까? 이 세상에서 그 봉투에 가장 열광할 사람은 그녀였다.

그래서 약속을 했다. 덕규를 내려 보낸다고. 어머니의 성격상 진짜 현수막까지 달았을지도 모를 일이다. 그러니 이제 와서 취소할 수도 없었다.

'잘 다녀와라.'

강토는 덕규가 사라진 방향을 바라보고는 병원으로 들어섰다.

"앉으세요."

차영아 박사가 상담실에서 강토를 반가이 맞아주었다.

"바쁜데 죄송합니다."

"아니에요. 이 대표님이라면 언제든 환영이죠."

"할아버지는?"

"영안실로 옮겨졌을 거예요."

"그렇군요."

"의뢰비도 안 받으셨다면서요?"

"그거 지금 박사님께 청구하러 왔습니다."

"어머, 그래요? 얼마 드리면 될까요?"

차영아는 반색하며 대답했다.

"돈은 필요 없고 뇌파에 대해 조언을 해주셨으면 해서요."

강토의 시선이 차영아를 향했다. 도움을 주러 온 아까와는 다른 상황이 되었다. 강토는 생각하고 있었다. 중국의 최면술사와 유대 염력술사. 둘을 상대했을 때 뇌를 장악하는 시크릿 메즈에 애로가 있었다. 심지어 염력을 맞이해서는 위기를 맞기도 했다.

그렇다면 다른 방해물이 또 있을 수 있었다. 강토의 매직 뉴런을 무력화시키는 것들.

"뇌파에 영향을 미치는 요인에 알려달라고요?"

차영아가 물었다.

"예. 그런 게 있죠?"

"당연히 있지요."

차영아는 책장에서 두툼한 원서를 꺼내 들었다.

"뇌파 전문가시니 잘 아시겠지만 뇌파란 뇌신경에 신호가 전달될 때 생기는 전기의 흐름을 말해요. 간단히 '뇌의 목소리'라고 할 수 있지요."

차영아는 책을 든 채 말을 이어갔다.

"대표적으로는 수맥과 지전류(地電流)를 들 수 있겠네요."

"수맥하고 지전류요?"

"지전류는 지구 방사선파라고 보시면 돼요. 대지의 고유진동파는 7.83Hz인데 큰 수맥이 가까이 있거나 지구 방사선파가 주변에 있다면 당연히 뇌파에 방해를 주지요."

"다른 건요?"

"질병도 있어요. 델타파 같은 경우는 뇌 질환, 즉 대뇌피질부에 악성 종양이 있으면 평균치보다 높게 나타나요."

"지구 방사선파란 구체적으로 뭐죠?"

"말 그대로 지구에서 나오는 파장이죠. 예를 들면 납이나 우라늄 성분을 가진 각종 광물질을 들 수 있어요. 물질에는 각각 고유한 파장이 있는데 이런 물질로부터 나오는 지구 방사선파는 수맥과 달리 위력이 엄청난 것들도 있어요. 수맥의 영향이 1~2미터 정도라면 지구 방사선파는 수십 미터에 걸쳐 영향을 끼치기도 하니까요."

"그런 광물을 몸에 지니면 뇌파 방해가 가능할까요?"

"그럴 수 있어요. 하지만 물질에 따라 그 본인에게도 해가 될 테니 가까이 하면 안 되겠죠."

"해가 된다?"

"당연하지 않겠어요? 물론 임시라면 큰 문제는 아니겠지만."

"……."

"기타 정신적 초능력적인 사항으로 이 대표님 같은 경우를 들 수 있겠죠."

"……?"

"텔레파시나 투시, 염력, 기공, 딕샤와 레이키 등등 뇌파에 영향을 미치는 일들은 많은 경우에서 보고되고 있어요."

"딕샤는 처음 듣는 겁니다."

"딕샤는 인도에서 창시된 거예요. 일종의 명상이라고 할까요? 우주의 에너지를 통해 자아 발전을 꾀하는 건데 그쪽 능력자들은 지구 반대편에서 이쪽에 있는 사람에게 시공간을 초월한 에너지를 전달할 수 있다고 하더군요."

"그게 가능합니까?"

"자세히는 몰라요. 다만 딕샤 수련을 오래 한 사람을 상대로 뇌파 측정을 했더니 놀라울 정도의 변화가 있었다는 보고는 있어요."

"……?"

"지구 반대편에서 우주 에너지를 전달한다? 저는 해보지 않아서 긴가민가 싶지만 이 대표님을 보면 가능하지 싶네요."

차영아가 웃었다.

"딕샤와 광물질 같은 것들이라……."

강토는 두 가지 모두에 신경이 쓰였다.

지구 반대편에서도 우주 에너지를 보낼 수 있는 딕샤. 만약 그게 가능하다면 누군가 원거리에서 은재구의 머리에 방탄을 씌울 수도 있었다. 지구 방사선파라는 광물질도 그랬다. 어떤 강력한 물질을 몸에 지니고 있다면 그 또한 가능성이 있는 일이었다.

"으음……."

우려가 강토 얼굴에 번져 나갔다.

"뇌파 간섭이나 방해 현상은 사실 일상에도 많아요. 뇌파를 텔레비전 수상기라고 보면 간단하죠. 집 밖으로 큰 차만 지나가도 화면이 흔들리잖아요? 어떤 때는 전자제품을 껐다 켜는 것만으로도 영향을 받으니 전류도 그렇고요."

차영아의 비유는 간단하면서도 이해가 쉬웠다. 하지만 그런 요인은 무시해도 될 것 같았다. 매직 뉴런은 소소한 것에는 영향을 받지 않는다.

"지구 방사선파의 해로운 정도를 더 알고 싶습니다. 만약 강력한 지구 방사선을 뿜는 물질을 몸에 지니고 있다면 어떻게 알 수 있을까요? 소지자나 그 주변에 미치는 악영향은요?"

"아까 설명했지만 당연히 위험합니다. 하지만 소지 기간이 짧다면 괜찮을 수도 있어요. 그리고 그런 걸 지니고 있다고 해서 주변까지 다 나쁘지는 않습니다. 삶이란 참 아이러니해서 음이 있으면 양이 있지요. 벌과 개미, 고양이 등은 지구 방사선파처럼 지구 내부에서 발산되는 파장을 좋아하거든요. 그래서 고양이 같은 경우에는 Radiation Seeker라는 별명까지 가지고 있으니까요."

"고양이는 지구 방사선파를 좋아한다?"

"그렇다고 하네요."

강토는 고개를 끄덕거렸다. 머릿속에 채우고 있던 안개가 조금 밀려 나가는 게 느껴졌다.

"왜 그런 게 궁금해진 거죠? 이 대표님의 뇌파를 더 강하게 하기 위해서인가요, 아니면……."

"박사님 말처럼 뇌라는 게 다 아는 것 같아도 끝이 없어서요. 도움이 많이 되었습니다."

"머리는 어떠세요?"

"괜찮습니다."

"그래도 정기 검사는 하세요. 이 대표님처럼 특출한 사람은 그러시는 게 좋아요. 제 생각이지만 뇌파를 한 번씩 쓸 때마다 뇌에 큰 부담이 될 거예요"

그녀가 웃었다. 진심 어린 조언이라는 게 느껴졌다.

"그렇게 하지요."

인사를 마친 강토는 병원을 나왔다.

딕샤!

초능력!

지구 방사선파를 뿜는 광물질!

세 가지로 원인은 좁혀졌다.

"형님, 저 이강토입니다!"

제일 먼저 반석기에게 전화를 걸었다. 출입국 체크를 부탁하기 위해서이다. 초능력이든, 딕샤든, 기공술사든 그런 사람을 대동했다면 은재구와 함께 입국했을 일.

절강성의 기공술사!

강토의 기억에 양하오의 쑨커가 스쳐 갔다. 그의 기억에서 읽은 또 하나의 초능력자.

은석기 주변에 함께 탑승한 사람의 확인을 부탁했다.

다음으로는 광물질이다. 강토는 병원 주변을 돌아보았으나 보이지 않았다. 강토가 찾는 것. 개똥도 약에 쓰려면 없다더니 딱 그 짝이었다.

택시를 타기 위해 도로 쪽으로 걸었다. 그때 보였다.

야옹!

고양이다. 작은 정원 숲에 있던 고양이가 강토를 향해 고개를 내밀었다. 강토가 찾던 녀석이다. 지구 방사선파를 좋아한다는 'Radiation Seeker' 고양이.

'네가 그런 걸 좋아한단 말이지?'

신기했다. 고양이의 머리를 쓰다듬어 준 강토는 택시를 찾았다. 그때 낯익은 차량 한 대가 강토 앞에 멈췄다.

"타시죠!"

문수였다. 그가 돌아온 것이다.

"어떻게 된 거야?"

조수석에 오른 강토가 물었다.

"뭐가 말입니까?"

태연하게 응수하는 문수.

"어떻게 알고 왔냐고?"

"황 부실장 보고를 받았죠. 현장에 변화가 생기면 자동으로 저한테 보고되게 되어 있거든요."

"푸헐!"

"뭐 그렇다고 대표님이 잘못했다는 건 아니니 염려 마십시오. 목적지는 어디죠? 벙커? 은재구? 조 앵커?"

"거기서 조 앵커는 왜 나와?"

"하핫, 조크입니다. 아무리 바빠도 그 정도 낭만은 있어야죠."

"은재구야."

"알겠습니다. 지금 자택에 있으니 모시겠습니다."

문수는 거칠게 핸들을 돌렸다.

"……?"

은재구의 자택 앞에 도착한 강토는 또 한 번 놀라게 되었다. 거기 대기 중인 세경이 때문이다.

"대표님!"

세경은 여자 하나와 함께 강토를 맞았다.

"제가 반 검사님 벤치마킹해서 잠복 좀 부탁해 놨습니다. 잠복 수사관 뺄 나죠?"

세경이 여기 있는 이유를 문수가 설명했다.

잠복?

틀린 말은 아니었다. 강토는 다시 한 번 문수의 치밀함에 혀를 내둘렀다.

"자택에 들어간 지 2시간 4분 경과됐어요. 계파 의원 10여 명이 함께 있는데 대책 숙의 중으로 보여요."

세경이 은재구의 자택을 바라보았다. 그 앞에는 검은 세단들이 주차장을 이루고 있었다. 차에서 나온 의원 보좌관들 또한 삼삼오오 모여 웅성거리는 게 보인다.

"세경 씨는 그만 퇴근해."

문수는 세경과 여자를 돌려보냈다. 날이 어두워진 까닭이다.

"문제가 생겼다고요?"

둘이 남게 되자 문수가 물었다.

"조금……."

"지시할 일은요?"

"여기까지 태워다 준 걸로 충분해."

강토는 럭셔리한 단독주택들을 돌아보았다. 양편으로 쭉 이어지는 고급 빌라와 단독주택들은 위풍당당해 보였다. 그야말로 명사나 갑부들의 거리 같았다.

딩도롱당당!

그때 강토의 전화가 울렸다. 반석기였다.

출국할 때 인원 외에 추가 동반자는 없는 것으로 확인.

반 검사의 통화는 간단명료했다. 그렇다면 초능력에 의한 건 아닌 것 같았다. 중국에 머물다 돌아온 은재구. 딕샤가 아무리 강력하기로 거기 앉아서 강토의 시크릿 메즈를 막아낼 만큼 강한 사람이 있다고는 생각하지 않았다.

'이렇게 되면……'

야옹!

강토는 어둠 속을 바라보았다. 야옹, 그 소리를 내는 친구들이 필요했다.

"똥줄이 팍팍 타는 모양이군요. 세 시간째인데요?"

문수가 시계를 보며 말했다. 은재구의 저택 쪽에서 움직임이 없는 것이다. 그렇게 30여 분이 더 지났을 무렵, 변화가 일기 시작했다. 취재 차량들이 꾸역꾸역 몰려든 것이다.

"뭔가 결정이 난 모양입니다."

문수의 눈이 반짝거렸다. 은재구 집 앞으로 몰려드는 기자들. 기자회견이 있다는 뜻이다.

과연 10여 분이 지나가 은재구와 추종자들이 모습을 드러냈다. 계파 의원들을 병풍으로 세운 은재구는 집권 여당의 실세를 자처하기에 모자람이 없었다.

"늦은 밤에 이렇게들 와주셔서 진심으로 고맙습니다. 존경하는 동료 의원들과 숙의를 거듭한 결과 이 사람 은재구는 하나의 결론에 도달하게 되었습니다."

기자회견을 시작한 은재구는 감정이 격앙된 듯 잠시 숨을 고르더니 말을 이었다.

"이 사람 은재구는 오직 국민과 당을 위해 영혼까지 바친 사람입니다. 그러나 작금의 사태를 돌아보면 이 사람 은재구를 죽이려는 불손한 세력의 준동이 명백합니다. 이에 명명백백히 선언하거니와 이 사람 은재구는 현재 벌어지고 있는 탄압을 즉각적으로 중지하기를 엄중히 요청합니다. 이 시각 이후에도 내 주변의 정치 탄압이 중지되지 않는다면 탈당은 물론이오, 그 이상의 조치도 불사할 것을 천명하는 바입니다."

탈당, 그리고 그 이상의 조치!

그건 분당까지도 불사하겠다는 선언이다. 집권 여당, 은재구가 계파를 이끌고 분당을 하면 반쪽 여당이 된다는 뜻. 은재구는 자기 지분을 내세워 검찰과 정부를 압박하고 있었다.

"분당하시겠다는 겁니까?"

"검증 찬성 의원들처럼 솔선해 검증을 받을 생각은 없습니까?"

"탄압의 주체를 명시하지 않았는데 청와대로 봐도 됩니까?"

기자들의 질문이 벌떼처럼 쏟아졌다. 은재구의 답은 딱 한

마디였다.

"이것으로 마치겠습니다."

그게 신호였다. 보좌관과 지지자들이 몰려들어 기자들을 막아섰다. 모시는 의원들의 길을 트려는 것이다. 그때였다.

야옹!

고양이 울음소리가 길게 이어졌다. 은재구가 고개를 들었다. 고양이 한 마리가 담장 위에 보였다. 검은 고양이였다.

야옹!

한 마리가 아니었다.

야옹!

여기저기서 몰려들었다.

"뭐야?"

놀란 기자들이 물러섰다. 의원들도 물러섰다.

"저리 가!"

용감한 보좌관 하나가 나서서 팔을 휘저으며 소리쳤다. 고양이들은 그 보좌관을 훌쩍 뛰어넘었다.

야옹!

고양이들이 다가선 건 은재구였다. 그들은 은재구 주변에 몰려들어 엷은 미소를 머금었다. 수십 마리의 고양이가 한결같은 표정이다.

'시크릿 메즈!'

모자를 눌러쓰고 지지자들 틈에 섞인 강토는 매직 뉴런을 날렸다. 맨 앞의 검은 고양이 뇌를 체크했다. 보였다. 도파민과 세로토닌, 마음을 편안하게 만드는 멜라토닌 등이 분비될 때 보이는 뇌의 풍경. 고양이들은 맛난 생선을 바라볼 때의 그런 풍경으로 은재구에게 호감을 보이고 있었다.

야옹!

그다음 고양이도 그랬다.

야옹!

다른 고양이들도 마찬가지였다.

마지막으로 강토는 한 번 더 매직 뉴런을 은재구의 눈으로 보냈다. 기세를 뿜던 매직 뉴런은 은재구의 몸에 닿자 하르르 무너졌다.

표적을 가까운 곳의 국회의원으로 바꾸었다. 그의 뇌가 보였다. 매직 뉴런이 먹힌다.

'지구 방사선파를 내는 특별한 광물.'

결론이 나왔다.

* * *

"형!"

새벽같이 돌아온 덕규는 벙커에 들어서기 무섭게 보따리를 풀었다.

"……!"

강토는 눈을 비비던 손을 정지했다. 보따리 안에는 아이스박스가 있었다. 그 안에는 뚝배기. 그 안에 또 뚝배기. 마치 양파의 꺼풀을 벗기듯 숨겨진 건 바로 닭백숙이었다. 그것도 세숫대야만 한 장닭.

"먹어. 엄마가 자정까지 만드신 거야."

"덕규야……."

"난 화장실 좀 다녀올게. 그거 식을까 봐 한 번도 쉬지 않고 밟았더니 아주 싸겠어."

"……."

한 번도 쉬지 않고.

단순한 덕규만이 할 수 있는 일이다.

닭백숙!

아직도 따끈했다. 고소한 냄새 또한 막강 환상이었다. 덕규 어머니가 눈에 밟혔다. 두 팔을 걷어붙이고 나섰을 것이다. 정성을 더하고 더했을 것이다. 어쩌면 가마솥 앞을 한 번도 떠나지 않았을지도 모른다.

'괜한 말을 했나?'

덕규를 보내기 위해 딸려 보낸 핑계. 그 핑계가 진짜 백숙을 달고 돌아왔다.

"빨리 먹어. 그리고 엄마가 너무 너무 고맙대. 가문의 영광이라고 금일봉은 봉투째로 액자에 넣어서 자자손손 물려줄 거라던데……."

"그럼 다시 너한테 오는 거네?"

"응? 그러네?"

역시 단순한 덕규. 제 어머니에게 유일한 혈육이라는 걸 깜

빡한 모양이다.

"머리 아프신 건?"

"그날 이후로 말끔!"

"다행이구나. 전화로 들었지만 그냥 인사로 그러시나 해서……."

"그 소문 듣고 형 기다리는 사람 많아. 다음에는 꼭 같이 오라고 난리들이더라고."

"오케이, 한번 가지, 뭐."

"고마워."

"됐으니까 같이 먹자. 너도 배고플 텐데."

"No, 우리 모친 말이 여기다 누가 손대면 손모가지를 싹둑 분질러 버리랬어. 나까지 포함해서."

"……."

숭고한 마음에 모골이 송연해지는 강토이다. 덕규 어머니라면 그러고도 남을 사람이다.

"그거 원인은 알아냈어?"

"대충."

"뭐야?"

"아, 그러고 보니 네가 아는 광수 형 있잖아? 혹시 전에 소매치기 좀 했다고 하지 않았냐?"

"했지. 주류 도매상 가기 전에. 그때 그 형 별명이 청량리 터치맨이었잖아. 지금은 그 이름 부르면 개작살 나지만."

"그래?"

"왜? 검찰이 그 형 노려?"

"그게 아니고……."

강토는 다리를 뜯어냈다. 거짓말 좀 보태 드래곤 앞발만 한 닭다리였다. 입으로 뜯으니 결이 가지런하게 찢어졌다. 입안에서 쫄깃한 소리가 나는 것 같았다.

"텔레비전 좀 켜봐라."

강토가 덕규를 바라보았다. 덕규는 몸을 날려 제 야전침대 위에 나뒹구는 리모컨을 집어 들었다.

"발사!"

외침과 함께 화면이 들어왔다. 아침 뉴스가 나오고 있다. 화면에 은재구가 보인다.

〈여당 초유의 검찰 탄압〉

〈청와대 당내 반대 세력 제거하고자 무리수 강행〉

〈역사에 오점이 될 것〉

은재구의 주장에 해설을 더한 논평이 나오고 있었다. 당내 역학 구조도 몇 번이고 반복 설명되었다. 언론에서 보는 새날당의 당 구도는 4각 균형이었다.

은재구!

서철상!

석귀동!

김무혁!

은재구와 서철상은 반김파, 석귀동은 친김파, 김무혁은 중도로 분류되었다. 쟁점은 곧 다가올 총선. 당내 역학 구도를 바꾸기 위해 청와대와 당이 본격 힘겨루기에 나섰다는 것.

당은 청와대와의 결별 수순.

청와대는 퇴임 이후 안전장치 조치 중.

그 시작은 한순길로 보았다. 석귀동 의원 라인의 한순길이 금고 사건으로 구속되자 분위기를 탄 청와대 쪽에서 은재구 라인을 향해 벼르던 칼을 뽑았다는 것. 그게 바로 서별관 회의를 주도한 하상택에 대한 압박이라는 분석이었다.

야당은 쌍수를 들고 논평에 나섰다. 정부와 여당의 난투극으로 얻게 될 반대급부를 노리는 것이다.

다음으로 여야의 김무혁과 마찬진이 주도하는 청정 국회 소식이 이어졌다. 신진 의원들과 소장파를 중심으로 30여 명이 참여를 선언하고 있었다.

마지막은 청와대 측 입장!

〈청와대는 일절 당내 정치 구도에 관여하지 않으며 관여할 힘도 생각도 없다〉

논평은 대변인 화면으로 나왔다. 어느 쪽을 보아도 명쾌한 답은 없었다. 아전인수만 가득한 상황이다.

"꺼."

다리 하나를 뜯은 강토가 말했다.

"예썰!"

덕규는 잽싸게 리모컨을 눌렀다.

'은재구…….'

닭 뱃속에 든 내용물을 몇 개 꺼내며 강토는 은재구를 생각했다. 사실 머리에는 온통 그 사람뿐이었다. 처음으로 완벽하게 실패한 시크릿 메즈. 그 찜찜함이 밤을 건너온 것이다.

강토는 몇 장의 사진을 보고 있었다. 은재구였다. 십여 년 전부터 언론에 노출된 그의 사진. 변화를 하나하나 체크했다.

우선 목걸이.

목에 걸린 금목걸이는 그대로였다. 7년 전 사진부터 변함이 없다. 그렇다면 목걸이는 아니었다.

'패스!'

다음은 손목시계와 반지. 그 또한 다르지 않았다. 이번에는 벨트와 넥타이핀을 체크했다. 둘은 이따금 다른 게 보였지만 그 또한 전부터 보이던 아이템이다.

'안경도 3년 전부터 착용하던 것.'

난감했다. 그렇다고 홀딱 벗기고 터럭 하나까지 체크할 수는 없는 노릇이다.

몸에 지닐 수 있는 물건.

남자라면 양복 상의 주머니.

거기가 유력했다. 하지만 뇌를 들여다보는 매직 뉴런은 지녔을지언정 양복 상의 주머니는 들여다볼 수 없는 강토. 그때 문득 한 얼굴이 뇌리를 스쳐 갔다.

"덕규야."

"응?"

"채광수 어느 정도냐?"

"뭐가?"

"소매치기 솜씨 말이야."

"그건 왜?"

"그냥 대답만 해."

"뭐 잘나갈 때는 스치는 바람?"

"……?"

"…이라고 구라 치던데? 스치기만 하면 지갑을 뽑았다고 말이야. 그러다 재수 개털 나게 형사 주머니 털다가 걸렸지. 빵에서 나왔을 때 어머니가 손 안 씻으면 죽는다고 칼을 물고 나서는 바람에 손 씻고 588로 왔고."

"뻥은 아니고?"

"나도 직접 당해봤는데 기가 막히기는 해. 정말 감쪽같았거든."

"좀 모셔 와라."

"그 형을?"

"응."

"안 돼."

"나 농담 아니다."

"알아. 어쨌든 지금은 안 돼."

"왜?"

"오다 봤는데 588 건너편 편의점 앞에 죽상을 하고 있더라고. 밤새운 꼴이지, 아마?"

덕규를 따라 일어서던 강토는 닭백숙에 남은 거대한 다리

하나를 뜯어내 그릇에 담았다.

"가자."

채광수!

거기 있었다. 그런데 한눈에 봐도 상태가 좀 심각해 보였다. 추레하다 못해 절정을 이룬 꾀죄죄한 모습. 편의점 테이블에 나뒹구는 소주병 10여 개와 흐트러진 마른안주, 그리고 그 앞 의자 등받이에 고개를 뒤로 젖힌 채 허탈 삼매경에 빠진 채광수. 비주얼만 봐서는 누가 건드리면 바로 핵폭발이라도 할 상황이다.

"혹시 AIDS 걸린 거 아니겠지?"

덕규가 말했다.

'AIDS?'

원래 AIDS는 복잡한 놈이다. 걸렸다고 바로 알 수 있는 게 아니다. 보건 당국은 보통 의심스러운 날로부터 8주에서 12주 이후에 검사를 권한다. 그런데 이게 끝이 아니다. 이후에 나오는 권장 검사가 6개월 후다. 그때가 되면 정확하다고 한다. 그런데 그게 또 끝이 아니다. 때로는 5년 후에 항체가 생기는 사람도 있다고 한다.

5년?

사람 미치고 환장하게 만드는 것이다.

채광수는 AIDS 걸린 오서영과 관계를 가진 몸. 가능할 수도 있는 일이었다.

"가서 좀 찔러봐라."

강토는 닭다리를 안겨주며 덕규 등을 밀었다. 매직 뉴런을 쓸 수도 있지만 사실 파악보다 관계 구축이 필요한 때였다. 덕규는 머리를 긁적이며 광수에게 다가갔다.

"형, 밤새 빨았어?"

덕규가 닭다리를 내려놓으며 물었다. 광수가 게슴츠레한 눈으로 덕규를 확인했다.

"가라."

반응은 심드렁했다. 만사가 귀찮다는 표정이다.

"아가씨들 건드리다 형수한테 걸린 거야?"

덕규는 오징어 다리 하나를 집어 들고 씹었다.

"가라니까."

"아, 그러니까 왜 그러는데?"

"알면?"

"내가 도와줄 수도 있지."

"미친 새끼. 돕긴 뭘 도와? 느닷없는 일로 엉기지나 않으면 다행이지."

"벨로체 예약 때문에 그래? 그래서 지금 왔잖아."

"됐으니까 가라고."

"AIDS는 아니지?"

"아, 이 새끼가 꼭 말을 해도."

발끈한 광수가 소주병을 집어 들었다.

"깜짝이야. 걱정되니까 묻는 거잖아."

놀란 덕규가 버럭 소리로 맞받았다.

"그러니까 가라고, 새꺄. 어차피 내 고민은 하느님 아니면 해결 못해. 아니, 하느님도 쥐뿔 해결 못 하지."

"씨불, 뭔데 하느님까지 찾고 지랄이야?"

"우리 아들 때문에 그런다, 새꺄! 왜?"

광수는 테이블을 엎으려는 듯 한쪽을 들었다 놓았다.

"그 꼴통 아들?"

"뒈질래?"

"사고 쳤어?"

"지랄. 우리 아들 마음잡은 지가 언젠데."

목이 타는지 소주병을 잡고 두어 모금 병나발을 부는 광수.

"그런데 뭐가 걱정이우?"

"새꺄, 장가도 안 간 놈이 말하면 알아? 내일이 시험 날이잖아?"

"시험?"

"그래, 마!"

"푸하하핫!"

시험이라는 말을 들은 덕규가 허리를 접고 웃었다.

"형도 그런 거 신경 써? 아들 성적은 이미 옛날에 포기한 거잖아?"

"씨불 놈아, 나야 포기했지. 그런데 노망난 우리 어머니가 100점 100점 노래를 부르니까 문제지."

"허얼, 그럼 그냥 시험지 한 장 뽀려다가 빨간 색연필로 동그

라미 막 쳐가지고 100점 맞았다고 구라 까면 되잖아?"

"새꺄, 낼모레 꼴까닥할 노인네를 속여? 천벌 받아 뒈지고 싶냐? 안 그래도 마고 아줌마가 천벌이 어쩌고 하면서 간을 보는 마당에!"

광수가 닭다리로 덕규를 후려쳤다. 덕규 가슴팍에 맞고 살점이 조각나는 닭다리. 그것 한 점을 잡아 든 강토의 손이다.

"이 새끼는 또 뭐야?"

빈정이 상한 광수가 강토를 향해 눈을 부라렸다.

"아들 몇 살이죠?"

강토가 물었다.

"5학년!"

대답은 덕규가 대신했다.

"100점 맞게 해드려요?"

"뭐야?"

강토의 말에 광수가 핏대를 올렸다. 세트로 자기를 놀린다고 생각한 것이다.

"하루 남았다고요? 우리 집 알죠? 저녁때 거기로 보내세요."

"이 새끼들이 지금 사람을 데리고 노나? 작년에는 강남 전문가도 손들고 갔고, 덕규 저 자식이 소개한 선배 과외 선생도 피똥 싸고 갔는데 네깐 놈들이 뭐라고?"

"형, 우리 대표님은 달라요. 요즘 제일 잘나가는 뇌파 전문가잖아. 세타파 훈련하면 머리 존나 좋아져."

세타파!

이제 그 정도는 덕규도 알았다. 서당 개 3년은 된 셈이 아닌가?

“무슨 파?”

“세타파!”

“쉐따파? 시벌 놈아, 대한민국에 그런 조직도 있냐? 그리고 내가 조직 놈들 중에서 공부 잘하는 놈들 꼬라지를 못 봤다.”

“쉐따파가 아니고 세타파. 알파, 베타, 세타. 뉴스도 안 보고 살아? 우리 대표님, 청와대도 들락거린다고!”

덕규가 소리쳤다.

청와대!

그게 먹힌 모양이다. 광수가 핏발 선 눈을 들었다. 고개도 갸웃거렸다. 그리고 이내 구겨진 표정이 풀어졌다. 뭔가 아슴푸레 떠오른 모양이다.

“저 인간이 진짜 그렇게 능력자냐?”

광수의 시선이 강토에게 향했다.

“당연하지. 우리 대표님이 마음만 먹으면 그런 건 일도 아니야.”

덕규는 코를 후비며 여유를 부렸다.

“어이, 진짜 가능해?”

광수가 강토에게 물었다.

“맛보기로 한 과목만 100점 맞게 해드리죠.”

“과외비는?”

"돈 대신 부탁이 있어요."

"부탁?"

"좀 어려운 건데……."

"됐어. 우리 아들 100점만 맞게 해주면 내가 뭐든지 해준다. 그리고 거기에 뿌라쑤 50만 원!"

"예?"

"씨불, 나도 들은 건 있거든. 강남 같은 데서는 성적 제대로 올리면 몇 천도 준다더라고. 우리 어머니 소원 푸는 거니까 부탁은 부탁이고 50만 원 투자한다."

"콜!"

"대신 실패하면? 난 입으로 먹고사는 새끼들 제일 싫어하거든."

"그 50만 원의 열 배인 500만 원 내죠."

500만 원. 강토도 베팅을 했다.

"오케이! 나중에 딴소리하면 너네 지하방 확 불 싸질러 버린다."

훅 달아오른 광수는 각인이라도 시키려는 듯 테이블을 엎어 버렸다. 그런 다음 반병쯤 남은 소주를 집어 들고는 휘적휘적 사라졌다.

"아, 저 단순무식. 우리 형이 누군 줄 알고……."

덕규가 혀를 찼다.

"매력적인데, 뭐. 그래도 자기한테 해코지 안 하면 피해는 안 주잖아?"

"그런데 형!"
덕규가 강토를 바라보았다.
"왜?"
"뇌파 그걸로 100점 가능해? 광수 형 아들, 소문난 똘아이고 저번에 우리 선배 일도 있어서 안 되면 저 인간 진짜 우리 벙커에 불 지를지도 몰라."
"노량진 공무원 강사로 갔다는 그?"
"말 마. 거기서도 강좌 잘 안 줘서 거의 무보수로 분투하고 있다네."
"어쨌든 한 과목이니까 잘하면 되지 않겠냐?"
강토는 걱정하지 않았다. 뇌 활성화가 있다. 시냅스의 기억 가시를 강화하는 일이다. 대답을 하고 나니 강토도 궁금해졌다.
공인된 초등 5학년 돌머리에게 100점.
그것도 매직 뉴런으로 될까?

* * *

아침부터 바빴다.
시작은 이성표였다. 계약을 체결하러 가는 길에 미국 이야기가 궁금해서 들렀다고 한다. 애당초 반달전자와 연결해 준 게 그였다. 강토는 미국에서의 일을 간략하게 설명해 주었다.
"크하, 50억?"

이성표의 입이 쩍 벌어졌다.

"운이 좋았죠, 뭐. 게다가 이 팀장님 덕분이니 언제 거하게 한턱 쏘겠습니다."

강토는 겸손하게 말했다.

"이제 그야말로 세계 무대에서 노는군. 내 그럴 줄 알았어."

이성표는 자기 일처럼 좋아했다.

"저놈은 술 먹고 깽판 안 치고?"

이성표가 문수를 바라보았다.

"아, 간만에 오셔가지고 하신다는 말씀이……."

문수가 입술을 삐죽거렸다.

"하여간 너 이 대표 속 썩이면 내 손에 죽을 줄 알아라. 알았어?"

"예에. 하지만 이제 저는 삐 컨설팅 소속이니 감 놔라 배 놔라 하지 말아주세요."

문수는 예를 갖추면서도 강토 편에 서는 걸 잊지 않았다.

"그나저나 이 대표, 그거 알아?"

이성표가 강토를 바라보며 은밀하게 운을 떼고 나왔다.

"뭐 말이죠?"

이성표 입에서 도노반과 패트릭 이름이 나왔다.

"세계적인 거물들이야. 지금 우리나라에 들어왔다는 후문이야."

이성표의 입에서 침이 튀기 시작했다.

"은밀하게 입국한 걸 보면 한국에서 뭔가 굉장한 비즈니스가 있을 거 같은데, 그런 건이 우리 이 대표한테 딱 걸려야 하는데 말이야."

듣고 있던 문수가 넌지시 변죽을 울렸다.

"죄송하지만 그분들이랑 비행기 같이 타고 왔거든요."

"뭐야?"

"그리고 더 죄송하지만 우리 대표님이 도노반 끽할 거 구해 줬거든요."

문수는 오른손으로 자기 목을 치는 시늉을 했다.

"그게 진짜야?"

이성표가 강토를 바라보았다.

"그냥 우연한 일이었습니다. 급격한 두통이 있길래 좀 도와 준 것뿐이죠."

"어이쿠, 그렇더라도 안면은 튼 거 아닌가?"

"그렇긴 한 셈이죠."

"이야, 역시 하늘은 인물을 알아보는군. 그 양반 알고 보면 세계 M&A 시장의 막후 조율자이기도 하지. 컨설팅 하나 걸리면 몇 십억은 기본이라고."

"할 말 끝났으면 이제 그만 일어나 주시죠. 시간 다 되었습니다."

시계를 보던 문수가 사무적인 어투로 말했다.

"뭐야?"

문수에게 눈을 부라리는 이성표.

"삼촌이 10분이면 된다고 했잖습니까? 10분 지났고요, 우리 대표님 다음 스케줄 바쁩니다."

"오냐, 이제 빼 컨설팅 직원이다 이거지? 치사해서 간다, 가!"

이성표가 자리를 털고 일어섰다.

"살펴 가십시오. 곧 저녁 시간 잡아서 연락드리겠습니다."

강토는 문까지 나가 인사를 했다.

"너무 빡빡하게 구는 거 아니야? 나한테도 중요한 분인데……."

다시 회의실로 돌아온 강토가 문수를 바라보았다.

"중요하면 서로 예의를 갖춰야죠. 여기가 노닥거리는 곳은 아니잖습니까?"

"……."

"석귀동 관련 건입니다."

강토가 침묵하자 문수가 서류를 내밀었다.

"아침에 오면서 대리인을 만났는데 의뢰 건은 종결된 걸로 해달랍니다."

"은재구 건이 미결인데도?"

"정국이 수상하게 돌아가니 몸을 사리는 거겠죠."

"그 양반도 두문불출인가?"

"그런 편입니다. 외부 행사 스케줄을 거의 다 취소하고 직계 라인의 율사 출신 의원들과 조찬 모임만 갖고 있답니다."

"대책 회의로군."

"우리도 대책 회의를 해야 할 것 같습니다."

"뭐가 터졌어?"
강토가 고개를 들었다.
"고소장이 들어왔습니다."
"……?"
"하상택 직계가족과 이해룡 의원 측입니다."
"내용이 뭐야?"
"명예훼손이라는군요. 보아하니 물 타기 작전으로 나오는 거 같은데 일일이 대응하면 시간낭비가 될 것이니 변호사를 세워야 할 것 같습니다."
"쓰레기들이 무슨 명예가 있다고……."
"어쩌면 은재구의 지시일 수도 있습니다. 어차피 밑져야 본전이니까요."
"다른 건?"
"저녁에는 청와대 장 고문님과 약속이 있고… 백양해운이라고 해운 회사에서 큰 건이 하나 들어와 있습니다. 대표님과 비밀 상담을 원한다는군요."
"백양해운이면 지금 구조조정이니 뭐니 하는 회사잖아?"
"어려우니까 대표님 찾는 거 아닙니까? 스케줄 잡을까요?"
"못할 거 없잖아?"
"그런데… 그게 외국 회사와의 협의 건이라고……."
"해외출장?"
"해외라도 미국처럼 먼 곳은 아니고 상하이가 될 거라고 하더군요. 의뢰가 성립된다면 말이죠."

“일단 상담하고 결정하자고.”

“알겠습니다.”

“오전 스케줄 끝나면 이해룡 동선 파악하고 시간 비워놔.”

“은재구 때문입니까?”

“맞아.”

“해결책이 나왔습니까?”

“나오게 만들려고.”

강토가 웃었다.

점심엔 돌발 상황이 일어났다. 긴급 호출이 생긴 것이다. 장소는 신라호텔 프랑스 요리 특실이었다. 거기서 강토를 기다린 건 도노반이었다. 뇌 검사를 마친 그가 강토와의 만남을 요청한 것이다.

“많이 드세요!”

도노반은 새끼 양 스테이크를 주문했다. 선홍빛 고기 색이 보기 좋았다.

“아직 풀을 먹기 이전의 순수한 양고기랍니다. 마음은 드래곤 등갈비라도 사주고 싶은데 메뉴에 없어서 유감이라는군요.”

동석한 문수가 통역을 해주었다.

도노반의 표정은 아주 밝았다. 강토 때문이다. 비행기에서 강토가 말한 뇌경색 부위에 확실히 이상이 있었던 것이다.

―비행기에서 그냥 하늘로 직행할 뻔했군요.

한국인 의사의 설명은 그로 하여금 한 번 더 강토를 돌아보는 계기가 되었다.

급사!

거기 강토가 없었다면 도노반은 지금쯤 하늘을 날고 있었을 것이다. 그렇게 되면 사업이 무슨 소용이고 돈이 무엇이며 가족과 사랑이 무슨 의미가 있을까? 죽었다 살아나고 보니 삶과 생명의 의미에 대해 더 많은 고마움을 갖게 된 그. 그 고마움을 강토에게 오롯이 전하고 있었다.

"뇌파 분석으로 컨설팅 관련 비즈니스를 하고 계신다고요?"

"예."

강토가 대답했다.

"구체적으로 어떤 일이죠?"

"이를테면 뇌 활성화를 위한 판단을 돕는다던가, 입찰이나 계약 업무, 혹은 임직원 등의 적재적소 배치 같은 업무를 수행합니다. 때로는 좋아하는 사람의 마음이 진심인지도 분석이 가능하죠."

"호오, 그것 참 매력적인 비즈니스로군요."

도노반이 호감을 보였다.

"그렇다면 나도 의뢰를 할 수 있을까요?"

"물론이죠. 비행기 사건과 연관시키지 않는다면요."

"사업은 사업이다?"

"예."

"그것 참 매력적인 마인드로군요."

"컨설팅이란 결과로 말해야 하는 거니까요."

"그렇다면 한번 거래를 터봅시다. 내일 저녁 어떻습니까?"

"어떤 일인지 미리 물어도 될까요?"

"뭐 말 그대로 사업 계약입니다. 내 한국 지인들이 급매 물건을 소개해 줘서 중국 가는 길에 들르긴 했는데 상대방 속내를 알 수가 있어야 말이죠. 계약이란 게 물건보고 하면 되는 거지만 한국의 기업 평가는 가끔 헛발질이 많아서 말이죠."

"제게 맡겨주시죠."

"그전에 샘플 하나 요청해도 될까요?"

도노반이 강토를 바라보았다.

샘플!

맛보기의 다른 표현이다. 기내에서의 돌발 위험을 막아준 강토지만 그건 계약과는 다른 일이었다.

"에인다!"

강토는 빙그레 웃으며 이름 하나를 꺼내놓았다.

"……?"

도노반의 표정이 굳는 게 보인다.

"회장님이 일곱 살 때 좋아하던 소녀죠? 얼굴에는 주근깨가 자글거리고 선머슴아 같지만 또래들이 회장님을 괴롭히면 나서서 때려주기도 했던……."

"……."

"그때 그 소녀에게 데이지꽃… 네, 노란 데이지꽃을 꺾어주면서 말하셨군요. 나 너 좋아해."

"이 대표……."

"샘플, 더 필요하신가요?"

강토가 웃으며 물었다.

"아, 아니오. 이거 정말 차마 믿을 수가 없구려. 그건 내 비서도 모르는 비밀인데……."

"회장님은 그 기억을 아끼시는군요. 고단할 때면 그때를 생각하시죠? 지금은 아련해진 그때의 데이지꽃을."

"허헛, 이거야……."

"실은 비행기에서 처음 보았습니다. 회장님이 목숨이 위태로울 때 회장님은 그 노란 꽃을 생각하고 계셨죠. 거기… 어딘지 모르는 거기로 가면 그 아이를 만날 수 있을까 하며."

"이 대표!"

듣고 있던 도노반이 강토의 손을 잡았다.

"생명의 은인이 아니라 사업의 은인이 될 수도 있겠군요. 무조건 계약합시다. 나 한 번 더 도와주시오!"

"It's my pleasure!"

강토는 영어로 답했다. 세계적인 사업가지만 소탈한 마음의 도노반. 그런 의뢰라면 마다할 이유가 없었다.

"발음 죽이던데요?"

호텔을 나서며 문수가 말했다.

"놀리는 거야?"

"아닙니다. 그 순간에 딱 맞는 말이었습니다. 전 전율까지 느졌다고요.”

“그래도 옆구리를 잘도 찌르던데?”

“그거야 의뢰 건에 대해 디테일한 게 필요해서…….”

“계약금 5만 불에 긴요한 정보를 꺼내면 10만 불. 그 정도면 미국에서도 합리적인 의뢰라고 하는데 더 할 말이 뭐가 있어?”

“하지만 어떤 일인지 알아야 제가 대처를…….”

“그럴까 봐 일부러 안 물어봤어. 어차피 뇌파가 맞으면 큰 애로도 없을 일이고.”

“저 쉬라고요?”

“아니, 방 실장 과외 좀 시켜먹으려고.”

“무슨 과외요?”

“방 실장, 머리 좋잖아? 초등학교 5학년 과외 좀 부탁해. 오늘 하루!”

“대표님?”

“은재구 관련 건이야. 100점 못 맞으면 물 건너가니까 그 좋은 머리 팍팍 써보라고.”

“……!”

문수는 강토에게 꽂힌 시선을 떼지 못했다. 그렇거나 말거나 강토는 문수의 등을 밀어버렸다.

“출발하자고. 초등학생들 수업 끝날 시간이잖아!”

덜컹!

벙커 문이 열렸다. 세 사람이 들어섰다. 강토와 덕규, 그리고 문수였다. 바로 덕규 전화기가 울었다.

"광수 형인데요?"

덕규가 강토를 바라보았다.

"뭐래?"

"아들 보낸대요."

"그러라고 해."

강토가 말했다.

"대표님!"

문수가 강토를 돌아보았다. 그러자 책상에서 초등 5학년 사회 문제집을 꺼내놓는 강토.

"애가 공부를 좀 못해."

"……."

"아니, 제대로 못하던가?"

"……."

"아무튼 내일 시험에서 한 과목은 100점 만들어야 해."

"……."

"내 생각에는 사회가 좋을 거 같아서……."

"하루에는 안 돼요. 게다가 머리도 안 좋다면서요."

문수가 고개를 저었다.

"그래도 해야 돼."

강토는 단호했다.

채광수의 아들 채지웅. 머리에 뇌 대신 돌이 들었다. 아니,

정확히 말하면 게임 아이템이 들었다. 밥 먹고 게임하는 게 그 아이의 일. 어떤 게임은 만랩을 찍었다는 말까지 들리는 정도이다.

우이독경의 진수!

녀석이 얼마나 공부에 관심이 없는지는 이미 숱하게 증명되었다고 한다. 가깝게는 덕규의 선배가 그랬다. 비록 문송한 문과지만 그래도 나름 명문대를 나온 선배. 취직이 안 돼 고민하다가 덕규의 소개로 지웅이 과외를 맡았다. 그는 두 달 만에 두 손을 들었다.

그는 이미 받은 과외비도 자진해서 토해놓았다. 없는 형편이라 저축은행 급전까지 당겨 쓴 마당이었다. 그럼에도 불구하고 소감은 행복했다고 한다.

"그놈 안 봐서 너무너무 해피하다."

성적 올리기 어려운 고등학생도 아니고 이제 초등학생. 그런데도 몸서리를 치고 간 그들이었으니 암시하는 바가 보통이 아니다.

쾅!

그 지웅이가 등장했다. 똑똑도 아니고 쾅이었다. 벙커의 강철 문을 발로 차고 들어선 것이다.

"누가 가르칠 건데요?"

계단을 내려선 지웅이의 눈에서 짜증과 불만이 뚝뚝 흘러내렸다. 아이답지 않게 육중한 몸통, 털도 제법 복슬복슬하다. 그러나 손은 달랐다. 몸통에 비해 빈약할 정도로 날렵하고 날씬

한 것. 신의 경지에 다다른 솜씨로 핸드폰을 눌러댔다. 보지도 않으면서 하는 게임신공. 게임을 위해 진화된 인간 팔의 끝판을 보는 것 같았다.

"여기 이 형이… 아니, 방 실장님이……."

덕규가 문수 등을 밀었다.

"에이씨, PC방 가서 팀플해야 하는데……."

지웅은 제멋대로 소파에 주저앉았다. 두 손은 여전히 게임에 열중이시다. 강토는 살며시 그 뇌를 엿보았다. 머리에 돌이 든 건 아니었다. 단지 공부와 거리가 멀 뿐. 녀석의 머릿속에 바글거리는 건 온통 아이템뿐이었다. 그 아이템의 특성을 완벽하게 외우고 있었다.

'푸헐!'

한숨을 쉬는 사이에도 지웅이의 게임은 계속되고 있었다.

다다다닥!

토다닥!

분당 3천 터치는 너끈히 될 것 같은 컨트롤 포스. 가히 존경스러운 몰입감이다.

* * *

"잠깐 보자."

강토는 덕규를 잡아끌었다. 먼저 확인해야 할 일이 있었다.

"왜?"

칸막이 안의 샤워장으로 들어온 덕규가 물었다.

"이거 좀 외워봐라. 잠실부터 오른쪽으로 차례대로."

강토가 내민 건 서울 지하철 2호선의 역 이름이었다. 연예인들도 심심하면 하는 미션. 하지만 틀리지 않고 외우는 것도 쉬운 일은 아니었다.

"이걸 다?"

"응."

"오매, 환장하겠네. 이걸 인간이 어떻게 외워?"

그것도 머리 나쁜 인간이.

덕규가 울상을 지었다.

"외워봐."

강토는 세면대야를 뒤집어놓고 그 위에 앉았다.

"형……."

"글쎄, 그냥 최선을 다해서 외워봐. 내가 좀 알아볼 게 있어서 그래."

"다른 거 하면 안 돼? 맥주 이름이라든가 아이돌 가수들 이름이라든가……."

"광수한테 전화해 줄까? 지웅이 백점 맞게 하고 싶은데 덕규가 협조를 안 한다고."

"그건 안 돼. 그러면 그 인간 지가 아는 조직 다 풀어서 나 현상수배할 거라고."

덕규가 펄쩍 뛰며 손사래를 쳤다.

"그러니까 시작!"

기선을 제압한 강토가 자료를 향해 턱짓했다. 덕규는 울며 겨자 먹기로 2호선 지도를 집어 들었다.

"아, 진짜……."

"시작!"

"잠실나루, 강변, 구의, 건대, 성수, 뚝섬, 한양대, 왕십리, 상왕십리, 신당……."

덕규는 나름 용을 쓰며 역의 이름을 외워나갔다. 그리고 마침내 한 바퀴를 돌아 종합운동장과 신천에 닿았다.

"한 번 더!"

"잠실나루, 강변, 구의……."

다시 한 바퀴를 도는 덕규. 이번에는 처음보다 조금 나았다. 버벅거리던 발음도 많이 깔끔해진 것 같다. 한 번을 더 하자 조금 더 좋아졌다.

"덮어!"

"형!"

"암기 시작!"

"아, 씨… 잠실나루, 강변, 구의, 건대, 성수, 뚝섬, 한양대, 왕십리, 상왕십리, 신당……."

어느 정도는 제법 갔다. 하지만 을지로가 끝나면서 제멋대로 엉기는 덕규. 2호선에 3, 4, 5, 6, 7, 8호 이름까지 잘도 갖다 붙여댔다.

"스톱!"

"아, 진짜……."

"다시 외워봐라. 진지하게!"

"형!"

"실험 중이야. 너 어쩌려는 거 아니니까 진지하게 외워봐."

"진짜지? 틀려도 뭐라고 않는 거지?"

"그래."

강토의 다짐이 있고서야 덕규는 진지 모드에 돌입했다. 외우려고 기를 쓰는 덕규의 뉴런들. 거기에 강토의 매직 뉴런이 올라탔다. 덕규의 기억 생성에 뛰어든 것이다.

'기억력…….'

강토는 원리를 노리고 있었다. 바로 뇌 신경세포 뉴런의 시냅스. 기억력은 시냅스가 좌우한다.

공부 잘하기!

그러자면 배운 내용을 이해하고 오래 기억하고 있어야 한다. 그 비법은 바로 감각기관을 통한 주의와 집중이다. 시각, 청각, 후각, 촉각에 더한 자발성이 집중된 의식, 그게 수반되는 일들은 '보통 기억'으로 남는다.

보통 기억!

이것들은 얇은 유리와 같아 깨지기 쉽다. 오래가지 않는다.

그걸 장기 기억으로 남기려면 수고가 필요했다. 단기 기억을 자주 상기하는 것. 간단히 말해서 잊어버릴 만하면 열 번, 스무 번 반복하는 것이다. 시냅스의 가시는 이때 튼튼하게 강화되면서 기억의 수명을 높인다. 별표 땡땡 해두시라. 이렇게 저장된 장기 기억은 오래간다. 설령 잊더라도 작은 단서나 회상을 통해 바로 재생된다.

골백번 따라 부르던 과거의 가요 같은 것이 그렇다. 생각도 않던 초등학교 동창 이름이 그렇다. 다 잊은 것 같지만 어느 날 힌트를 들으면 바로 생각나는 것이다.

강토는 기억의 시냅스 앞에서 멈췄다. 덕규의 시냅스들은 그 돌기에 덕규가 의식하는 역 이름을 받아들이느라 바빴다. 하지만 쉽지 않았다. 덕규의 시냅스들이 지닌 느슨한 속성 때문이다. 덕규는 그런 방식으로 살아왔고, 그 시간이 쌓이면서 시냅스들도 그렇게 고정이 되었다.

'후읍!'

매직 뉴런의 파워를 거기에 실어주었다. 덕규가 외우는 역 이름, 그 순간순간에 대응하는 시냅스들에게 에너지를 집중해 가시를 강화시켜 준 것이다. 시냅스가 그것을 놓지 않도록 강력하게 조인 것이다.

"……!"

보였다.

덕규의 기억 시냅스. 그 가시가 조금씩 튼실해지는 걸. 그래봤자 성수역에서 곁가지를 친 역을 빼면 역 이름은 기껏해야 40여 개. 강토의 매직 뉴런들에게는 일도 아니었다.

한 번, 두 번, 세 번…….

시냅스의 가시를 반복해서 강화시키자 제법 튼튼한 기억이 형성되었다. 강토는 거기서 매직 뉴런을 접었다.

"잠실나루, 강변, 구의, 건대, 성수, 뚝섬, 한양대, 왕십리, 상왕십리……."

덕규가 달리기 시작했다. 중간에 살짝 더듬었지만 그건 아는 걸 잊기 전에 빨리 말하려는 본능이었지 기억의 망각은 아니었다.

"신도림, 대림, 구로디지털단지, 신대방, 신림, 봉천, 서울대입구……."

서울을 한 바퀴 돌아든 덕규는 마침내 종합운동장을 거쳐 신천에 입성했다.

"잠실!"

제자리로 돌아온 덕규가 왈딱 소리쳤다. 스스로 돌아보아도 믿기지 않는 모양이다.

"오, 마이 대박!"

강토는 모른 척 엄지를 세워 보였다.

"으악, 나 해냈어! 나 하나도 안 틀렸지?"

덕규는 올림픽 금메달이라도 딴 듯한 표정을 지었다.

"대표님!"

칸막이 밖에서 문수 소리가 들려왔다.

"왜?"

강토가 덕규와 더불어 테이블로 다가갔다.

"얘, 꼭 가르쳐야 합니까?"

그새 상기된 문수가 흥분을 누르며 물었다.

"그렇다니까!"

"그럼 시간을 좀 주세요. 기초가 너무 부족해서 하루만으로는 죽어도 안 됩니다."

"미안하지만 시간은 하루뿐이야."

강토가 고개를 저었다. 오늘만큼은 단호했다,

"대표님……."

"공부시키려고 하지 말고 100점 맞을 수 있도록 문제만 찍어줘. 그 족집게 문제 같은 거 있잖아?"

"그것도 기초가 있어야 됩니다."

"아무튼 해봐. 5학년 사회시험에 나오는 족집게 문제."

"머리가 되어야지요. 얘는 듣는 순간 바로 잊어버립니다. Put and out, Put and out!"

"아무튼 시간 없어."

저녁에는 장철환과 약속이 잡혀 있다. 어길 수 없는 약속이니 서둘러도 부족할 판이다. 옆에 자리를 잡은 강토가 문수에게 윙크를 보냈다. 문수는 그제야 감을 잡았다. 강토에게 뭔가 복안이 있는 것이다. 문수는 지웅이의 실력을 머리에서 내려놓았다. 그저 100점을 맞을 수 있는 족집게 문제만 뽑아서 강의를 이어갔다.

"일단 거기까지!"

두어 쪽의 핵심을 강의하는 문수. 강토가 거기서 끼어들었다. 사실 별다른 건 없었다. 덕규의 재탕일 뿐이다. 툴툴거리는 지웅이에게 맛보기를 선보였다.

—매직 뉴런의 돌진!

—지웅이 머릿속에 사는 뉴런의 돌기 강화!

"우와!"

마지못해 핵심 내용 몇 줄을 외운 채지웅. 실눈을 뜬 채 다 맞혀 버렸다. 그러고는 두 눈이 오목하게 모였다. 제가 하고도 믿기지 않는 모양이다.

"어떻게 된 거예요? 나 원래 공부 졸라 못하는데?"

지웅이 소리쳤다.

"그 형, 전교 수석만 하던 형이거든. 시키는 대로 하면 사회 100점이다."

시치미를 뗀 채 강토가 말했다.

"우와, 우와! 한 번 더 시험해 줘요!"

채지웅, 조금 전과는 180도 변했다. 고개를 들고 자발적으로 테스트를 청해왔다. 다시 문수가 달렸다. 한 단원 분량이다. 그 또한 지웅의 기억에 남았다.

"말도 안 돼!"

지웅이는 숨도 제대로 쉬지 못했다. 그때부터 속도가 붙었다. 힐금거리던 핸드폰에 눈길도 가지 않았다. 시험이라는 게임 속에 빠진 모습이다.

"끝났습니다!"

문수가 강토를 바라보았다.

"채지웅!"

강토가 자리에서 일어났다.

"예?"

"이 형이 가르쳐서 100점 못 받은 사람은 아무도 없어. 저기 전농초 알지?"

"네!"

"거기 전교 꼴찌도 이 형이 100점 안겨줬거든."

계속해서 문수를 강조하는 강토. 물론 구라다. 하지만 지웅이는 이미 강토의 마법에 걸려 있었다.

"너도 사실은 백점 맞고 싶지?"

강토가 묻자 지웅은 입을 다문 채 고개를 끄덕거렸다. 사실 100점 맞고 싶지 않은 사람은 없다. 단지 노력을 하기 싫을 뿐.

"이번 시험에서 사고 한번 치는 거야. 채지웅 사회 100점."

"네!"

"그럼 어떻게 될까?"

"우리 반이 뒤집어질 거예요. 돌대가리라고 맨날 놀리던 아빠하고 나 백점 맞는 게 소원이라는 할머……."

거기까지 나가던 지웅이 코맹맹이소리를 냈다. 공부는 안 했지만 그래도 마음에 걸렸던 모양이다.

"이번에 해보는 거야. 알았지?"

"네!"

"그럼 집에 가서 저 형이 가르쳐 준 거 세 번만 읽어. 그럼 넌 백점이야."

"정말이죠?"

"방금 체험하고도 몰라?"

"하지만 내 머리가……."

"너 제일 잘하는 게임에서 만렙도 찍어봤다며?"
"예."
"그 레벨, 누가 뺏어갔어, 안 뺏어갔어?"
"그거야 당연히 못 뺏어가죠."
"이 형 공부 스킬도 마찬가지야. 세 번만 읽으면 넌 사회 무조건 100점 맞게 되어 있어."
"알았어요."
"가봐. 시험 끝나면 내 폰으로 문자 찍고."
강토는 지웅의 폰으로 자기 폰에 전화를 걸었다가 끊은 후에 건네주었다.
"진짜 딱 세 번만 하면 되는 거죠?"
지웅이는 올 때와는 달리 공손하게 벙커를 나갔다.
"대표님?"
지웅이 사라지자 문수가 강토를 돌아보았다.
"눈치 깠으면서 뭘 그래? 뇌파 날려서 기억력 파워 좀 올려준 거야. 세타파 팍팍 자극하고 시냅스 지지고 볶아서 말이야."
"……."
"하루 정도는 갈 수 있도록 돌기에 새겨놓았으니까 기다려 보자고."
"역시 대표님. 전 그것도 모르고……."
"천만에. 지웅이가 100점 맞으면 그건 방 실장 공이야. 어차피 우린 100점 족집게 과외는 할 능력이 없거든."
"아, 형은… 왜 못해? 나 이제 할 수 있을 거 같아. 잠실나루,

강변, 구의, 건대, 성수, 뚝섬, 한양대, 왕십리, 상왕십리, 신당, 동대문, 을지 4가, 을지 3가, 을지로 입구, 시청, 충정로……."

덕규가 오버하기 시작했다.

"황 부실장도 뇌파 보태줬어요?"

문수가 물었다.

"테스트! 하지만 지웅이처럼 집중한 건 아니라서……."

강토의 말이 끝나기 무섭게 덕규가 꼬이기 시작했다.

"애오개, 공덕, 마포, 여의나루, 여의도, 신길?"

"부실장, 언제부터 2호선에 5호선 역이 붙은 거야? 그만하고 차나 좀 대라고."

옆길로 샌 덕규의 등짝에 문수의 손바닥이 작렬했다.

"대표님!"

벙커 문 앞에서 문수가 걸음을 멈췄다.

"왜?"

"죄송하지만 여기 계속 사실 겁니까?"

"왜?"

"대표님 품위에 안 맞아서요."

"나는 여기가 편한데?"

"그럼 키 좀 저한테 맡기세요."

"키는 왜?"

"쓸 데가 있어서요."

"뭐 하려고?"

"도둑질은 안 할 테니까 부탁합니다."

"알았어."

강토는 마지못해 키를 넘겨주었다.

부릉!

차가 골목을 등지고 출발했다. 골목에 지웅이가 보인다. 헤실거리는 폼이 아무리 봐도 공부하고는 거리가 멀다.

될까?

돌머리 채지웅의 100점 미션?

될 거야.

강토는 긍정적으로 생각했다. 최선을 다한 까닭이다.

『시크릿 메즈』 6권에 계속…

유행이 아닌 자유추구 -
WWW.chungeoram.com